KB252761

# 선고·변신·화부

**일러두기**

- 『Das Urteil』(Kurt Wolff Verlag, 1916), 『Die Verwandlung』(Fischer Taschenbuch Verlag, 1935), 『Der Heizer』(Kurt Wolff Verlag, 1913)를 저본으로 번역했습니다.
- 인명, 작품명, 지명은 국립국어원 외래어표기법을 따르되 일부 명칭은 일반적으로 널리 쓰이는 표기를 따랐습니다.
- 단행본 및 정기간행물은 『 』, 논문, 기사, 시는 「 」, 그림, 영화, 희곡의 제목은 〈 〉로 구분했습니다.
- 주석은 모두 옮긴이 주입니다.

# 선고·변신·화부

## 아들 3부작

Das Urteil
Die Verwandlung
Der Heizer

프란츠 카프카 지음

윤순식 옮김

B:

# 목차

선
고

펠리체 B. 양[1]에게

---

1 카프카가 두 번이나 약혼하고 파혼했던 펠리체 바우어(1887~1960)을 가리킨다.

너무나도 아름다운 봄날의 어느 일요일 오전이었다. 젊은 상인 게오르크 벤데만은 강을 따라 길게 늘어서 있고 거의 높이나 색깔로만 구분되는 낮고 가볍게 지어진 집들 중 한 채의 2층 독방에 앉아 있었다. 그는 방금 외국에 체류 중인 어린 시절 친구에게 보내는 편지를 막 다 쓰고, 장난하듯 느린 동작으로 봉투를 봉한 뒤 책상에 팔꿈치를 괴고 창밖을 내다보았다. 창밖에는 강과 다리가 보였고, 건너편 언덕의 연한 초록빛 풍경이 펼쳐져 있었다.

그는 그 친구에 대해 곰곰이 생각하고 있었다. 그 친구는 고향에서의 일이 뜻대로 풀리지 않자 불만을 느끼고 벌써 수년 전에 마치 도망치듯 러시아로 떠났던 사람이었다. 지금 그는 페테르부르크에서 사업을 하고 있는데, 처음에는 장사가 꽤 잘되는 듯했으나 오랫동안 침체 상태였고, 친구는 드문드문 고향을 방문할 때마다 그 사실을 한탄하곤 했다. 그렇게 그는 이국땅에서 쓸모없이 고생만 하고 있었으며, 별나게 자라난 덥수룩한 수염은 어린 시절부터 낯익은 친구의 얼굴을 그저 어설프게 가릴 뿐이었다. 누런 안색은 어떤 병이 진행 중임을 암시하는 듯했다. 그의 얘기를 들어보면 그는 그곳의 교민 사회와도 이렇다 할 접촉이 없었고, 알고 지내는 현지인 가족들도 거의 없다시피 했으므로 끝내 영원한 독신 생활을 받아들이며 살아가고 있는 중이었다.

그는 분명히 길을 잘못 들었고, 그래서 동정을 자아내지만 그 누구도 그를 도와줄 수는 없는 상황인데 이런 사람에게 무슨 얘기를 써 보낼 수 있을까? 그에게 다시 고향으로 돌아오라고, 삶의 터전을 이곳으로 옮기고, 옛 친구들과의 관계를 되살리라고 —사실 이를 가로막는 장애는 없었다—그리고 더 나아가 친구들의 도움에 맡기라고 조언해야 하는 것일까? 하지만 그것은 결국 아무리 부드럽게 말한다 해도 상처를 줄 수밖에 없는 진실을 전하는 셈이었다. 즉 지금까지의 모든 시도는 실패였고, 이제는 그만 그 일들을 그만두고 돌아와야 하며, 영구 귀향자로서 모두가 놀란 눈을 뜨고 쳐다보는 것을 감수해야 하고, 친구들만은 약간 이해심을 보일 것이니 나이만 들었지 철부지에 불과한 네가 고향에 남아 성공을 거둔 친구들을 그저 따르기만 하면 된다고 말하는 것이나 마찬가지였다. 그런데 과연, 그에게 기어이 이런 고통을 안겨주며 충고한들 무슨 의미가 있을까? 어쩌면 그는 고향으로 돌아오지도 않을 터였다. 그 자신이 이미, 고향의 상황을 더 이상 이해할 수 없다고 말하지 않았던가. 그러니 아무리 해봤자 그는 결국 이국땅에 남게 되고, 그런 충고로 인해 마음만 더욱 쓰라려져 친구들과도 더 멀어질지 모른다. 설령 그가 그 조언을 따른다고 해도 여기에 와서 짓눌려 낙담할 수 있을 것이다.

물론 그것은 의도한 것은 아니지만 실제 사정 때문에 말이다. 그는 또 친구들 사이에서도 잘 지내지 못하고, 그리고 그들 없이는 더더욱 옴짝달싹도 못 하며, 결국 수치심에 시달리다 이젠 아예 고향도 친구도 없는 신세가 되어버린다면, 차라리 지금 있는 그대로 이국땅에 머무는 편이 훨씬 낫지 않을까? 사정이 이러한데, 과연 그가 이곳에서 실제로 더 나은 삶을 꾸려가리라고 생각할 수 있을까?

이러한 이유들로 인해, 그와의 서신 교환이나마 끊기지 않고 이어가고자 한다면, 더는 진정한 의미의 소식을 전할 수는 없었다. 마치 먼 지인에게도 거리낌 없이 전할 수 있을 법한 이야기조차 그에게는 차마 할 수 없었던 것이다. 그 친구는 어느덧 3년 넘도록 고향을 찾지 않고 있는데, 그 이유를 러시아의 불안정한 정치 상황 탓으로 돌리며 자신과 같은 작은 사업가는 잠시라도 자리를 비울 수 없는 형편이라고 군색한 변명을 늘어놓았다. 하지만 실제로는 수십만의 러시아인들이 아무렇지도 않게 온 세계를 돌아다니고 있는 것이다. 하지만 바로 이 3년의 시간 동안, 게오르크에게는 많은 변화가 일어났다. 약 2년 전에 게오르크의 어머니가 세상을 떠났고, 그때부터 게오르크는 늙은 아버지와 함께 한집에서 살며 생계를 꾸려가고 있다. 그 친구도 이 소식을 들었는지, 한 통의 편지로 조의를 표했지만, 그 문장은 무미건조했다. 그것은 아마도 멀리 타국에서는 그런 일에 대한 슬픔이 전혀 와닿지 않는 탓이었을 것이다. 어쨌든 게오르크는 그때부터 다른 모든 일에도 그랬지만 자신의 사업에 대해 더 결연한 태도로 임하게 되었다. 어쩌면 생전에 어머니가 계셨을 때, 아버지는 사업에 있어서 늘 자신의 주장만을 고집하며 게오르크가 실제로 독자적인 활동을 하는 것을 가로막고 있었다. 하지만 어머니의 죽음 이후 아버지는 여전히 회사에서 일을 하기는 해도 예전보다 더 소극적으로 된 것 같았다. 혹은, 매우 가능성 높은 일로, 우연한 행운들이 결정적인 역할을 했는지도 모른다. 어찌 되었든, 이 2년의 세월 동안 회사는 예상외로 번창했다. 직원 수는 두 배로 늘어났으며, 매출은 다섯 배나 뛰어올랐고, 앞으로도 계속 발전할 것임에는 의심의 여지가 없었다.

그러나 친구는 이러한 변화에 대해 전혀 알지 못하고 있었다. 예전에 마지막으로, 어쩌면 어머니의 죽음에 대한 조의 편지에 서였을 텐데, 그는 게오르크에게 러시아로 이주할 것을 권유하면서, 특히 페테르부르크에 게오르크의 지점을 설치한다면 전망이 어떠할지 장황하게 설명하기도 했다. 그러나 그가 제시한 수치는 지금 게오르크의 사업 규모에 비하면 아주 보잘것없었다. 그럼에도 불구하고 당시 게오르크는 자신의 사업적 성공을 친구에게 편지로 알릴 마음이 전혀 없었고, 지금 와서 뒤늦게 그것을 이야기한다면 도리어 이상하게 보일 뿐이라는 생각이 들었다.

그래서 게오르크는 친구에게 항상 별 의미 없는 일들만을 적어 보내곤 했다. 한가한 일요일 같은 날 생각을 정리하다 보면 문득 떠오르는, 그러면서도 뚜렷한 맥락 없이 겹쳐지는 그런 자질구레한 일들 말이다. 게오르크는 그저 친구가 그 오랜 세월 동안 마음속에 품어왔으며 이제는 어느 정도 체념하고 받아들일 만한 고향 도시에 대한 인상을 건드리지 않고 남겨두고자 했다. 그러다 보니 게오르크는 아무런 상관도 없는 어떤 남자와 마찬가지로 아무런 상관도 없는 어떤 처녀가 서로 약혼했다는 소식을, 무려 세 번이나 그것도 상당히 시차가 있는 편지에서 친구에게 전하는 일이 벌어졌고, 급기야 친구도 게오르크의 의도와는 정반대로 이 특이한 일에 관심을 보이기 시작했다.

하지만 게오르크가 그에게 훨씬 즐겨 써 보내는 것은, 그 자신이 한 달 전 유복한 집안 출신의 프리다 브란덴펠트 양과 약혼했다는 사실을 털어놓는 것보다는 차라리 그런 시시한 이야기들이었다. 게오르크는 자신의 약혼녀에게 종종 그 친구에 대해 그리고 그와 맺고 있는 별난 편지 왕래에 대해 이야기를 하곤 했다.

"그럼 그 친구는 우리 결혼식에 오지 않겠군요." 약혼녀가 그에게 말했다. "하지만 난 당신의 모든 친구들을 만날 권리가 있어요."

"난 그 친구를 불편하게 하고 싶진 않아." 게오르크가 대답했다. "오해하지 말고 잘 들어봐, 그는 십중팔구 올 거야, 적어도 나는 그렇게 생각해. 하지만 와보면 그는 자신이 강요당한 기분이고 또 상처를 입었다고 느낄 거야. 어쩌면 나를 부러워할 수도 있고, 분명히 불만을 품으면서도 그 불만을 결코 해소하지 못한 채 결국 다시 홀로 러시아로 돌아가겠지. 혼자서…… 그게 무슨 의미인지 모르겠어?"

"알겠어요. 그래도 우리의 결혼 소식에 대해 다른 경로로 알 수도 있지 않을까요?"

"물론 그것까지 내가 막을 수는 없는 일이지. 하지만 그 사람의 생활 방식으로 봐선 그런 일은 일어나지 않을 거야."

"그런 친구를 두고 있었다면, 게오르크, 당신은 아예 약혼을 하지 말았어야 했어요."

"그래, 그건 우리 둘 모두의 책임이지. 하지만 지금 다시 선택

하라 해도 나는 이대로 택할 거야.”

그녀가 그의 키스를 받는 와중에 가쁜 숨을 내쉬며 “그래도 왠지 마음이 상해요……” 하고 속삭일 때, 그는 친구에게 편지로 모든 것을 적어 보내는 것도 정말 괜찮을 거라는 생각이 들었다.

‘나는 이런 사람이고, 그는 이런 나를 있는 그대로 받아들여야 해.’ 게오르크는 속으로 생각했다. ‘내 안에서 어떤 부분을 도려내어 현재의 나보다 그 친구와의 우정에 더 적합할지도 모를 누군가를 만들어낼 수는 없는 거야.’

그리고 실제로 게오르크는 그 일요일 오전에 써 내려간 긴 편지 속에서 친구에게 자신의 약혼 사실을 다음과 같은 말로 전했다:

“가장 좋은 소식은 마지막까지 아껴두었네. 나는 프리다 브란덴펠트 양과 약혼했어. 그녀는 유복한 집안 출신으로, 그 집안은 자네가 이곳을 떠나고 한참 뒤에야 이곳에 이주해 왔기 때문에 아마 자네는 잘 알지 못할 거야. 조만간 그녀에 대해 좀 더 자세히 이야기할 기회가 있겠지만, 오늘은 그저 내가 매우 행복하다는 사실만으로도 충분할 거라 생각해. 우리 사이의 관계는 다만 한 가지 점에서만 달라졌다네. 예전의 평범한 친구 대신 이제 자네는 행복한 친구를 갖게 되었다는 사실일세. 게다가 내 약혼녀는 진심으로 자네에게 안부를 전하며, 조만간 직접 편지도 쓸 예정이야. 그녀는 자네에게 성실한 친구가 되어줄 걸세. 이는 자네 같은 독신자에게도 전혀 무의미한 일은 아닐 거야. 물론 자네를 이곳으로 오지 못하게 하는 여러 사정이 있다는 건 잘 알고 있어. 하지만 내 결혼식만큼은 그런 모든 어려움을 한 번에 무너뜨릴 수 있는 좋은 기회가 되지 않겠나? 뭐, 사정이 어떻든 좋네.

아무것도 신경 쓰지 말고 그저 자네가 생각하기에 좋을 대로 행하시게."

이런 내용의 편지를 손에 쥔 채로, 게오르크는 창밖으로 얼굴을 돌린 채 오랫동안 책상 앞에 앉아 있었다. 아는 사람이 골목을 지나가면서 그에게 인사를 건넸지만 그는 멍하니 미소 지으며 겨우 형식적으로 고개만 끄덕였을 뿐이었다.

마침내 그는 편지를 주머니에 넣고 방을 나섰다. 그리고 좁은 복도를 건너, 몇 달째 들어가 본 적 없는 아버지의 방으로 향했다. 그동안은 그럴 필요도 없었다. 그는 아버지와는 언제나 가게에서 얼굴을 마주쳤고, 점심도 늘 같은 시간에 한 식당에서 함께 먹었다. 또 저녁이면 각자 원하는 대로 식사를 해결하곤 했다. 하지만 게오르크가 친구들과 모임이 있거나 혹은 지금처럼 약혼녀를 만나러 나가는 경우가 자주 있는데, 이런 때를 빼고는 두 사람은 공동의 거실에 앉아 각자의 신문을 펼쳐 들고 한동안 말없이 시간을 보내는 일이 전부였다.

게오르크는 아버지의 방이 이토록 어두울 줄은 몰랐다. 그것도 햇살이 비치는 오전인데도 말이다. 그러니까 저 좁은 안뜰 너머 우뚝 솟아 있는 높다란 벽이 짙은 그늘을 드리운 탓이었다. 아버지는 돌아가신 어머니를 기리는 여러 기념물들로 장식된 한쪽 구석 창가에 앉아서 신문을 읽고 있었는데, 자신의 약한 시력을 보완하려고 신문을 눈앞에서 약간 비스듬히 들고 있었다. 탁자 위에는 아버지가 아침 식사를 하고 남긴 음식이 놓여 있었는데, 별로 손을 댄 흔적은 없는 것 같았다.

"아, 게오르크구나!"

아버지는 이렇게 말하면서 곧장 아들에게 다가왔다. 무거운 잠옷은 아버지가 걸음을 옮길 때마다 휘날렸고, 옷자락은 양옆으로 펄럭였다. '아직도 내 아버지는 거인 같군.' 게오르크는 속으로 그렇게 생각했다.

그러고 나서 그는 이렇게 말했다. "여긴 정말 견딜 수 없을 만큼 어둡네요."

"그래, 좀 어두운 편이지." 아버지가 대답했다.

"창문도 닫으셨나 보죠?"

"나는 닫는 게 더 좋단다."

"밖은 꽤 따뜻해요." 게오르크는 먼저 한 말을 덧붙이듯 그렇게 말하며 자리에 앉았다.

아버지는 아침 식사 그릇을 치우고는, 그것을 방 한쪽의 찬장 위에 올려놓았다.

게오르크는 아버지의 느린 몸짓을 무심하게 바라보면서 말을 이었다. "사실 제가 말씀드리려는 것은 말이죠, 페테르부르크에 있는 친구에게 제 약혼 소식을 전할 거란 것이에요."

그는 주머니에서 편지를 살짝 꺼냈다가 다시 조용히 집어넣었다.

"페테르부르크라니?" 아버지가 물었다.

"제 친구한테 말이에요." 게오르크는 이렇게 대답하며 아버지의 눈치를 살폈다.

'가게에 있을 때랑은 전혀 다른 모습이야.' 게오르크는 생각했다. '저렇게 떡하니 앉아서 가슴 위로 팔짱을 끼고 있는 모습이라니……'

"그래. 네 친구한테 말이지." 아버지는 말을 또렷이 강조했다.

"아버지도 아시잖아요, 처음엔 약혼 사실을 그에게 숨기려 했다는 걸요. 그를 배려했기 때문이었지, 다른 이유는 없었어요. 아버지도 아시다시피, 그는 꽤 까다로운 친구거든요. 그 친구의 고독한 삶을 감안할 때, 그럴 가능성이 거의 없기는 하지만, 제 약혼 소식이 다른 경로로 전해질 수도 있을 거라고 생각했어요. 그건 제가 막을 수 없는 일이죠. 그러나 적어도 그 친구가 저한테서 직접 그 소식을 접하게 하지는 않겠다는 생각이었어요.”

“그랬는데 이제 생각이 바뀌었단 말이지?” 아버지가 물었다. 그러고는 커다란 신문을 창틀에 내려놓고, 쓰고 있던 안경을 신문 위에 다시 놓으면서 손으로 가렸다.

“네, 이제는 생각을 바꿨어요. 그가 나의 좋은 친구라면, 내 행복한 약혼도 그에겐 기쁨일 거라고 생각했거든요. 그래서 더 이상 망설이지 않고 그에게 약혼 소식을 알리기로 했어요. 편지를 부치기 전에 먼저 아버지께 이 말씀을 드리고 싶었어요.”

“게오르크야.” 아버지가 이 빠진 입을 좌우로 크게 벌리며 말했다. “내 말 좀 들어보렴! 네가 이 일로 나를 찾아와 의논하려 한 건, 의심할 여지 없이 옳은 일이다. 하지만 만약 지금 나에게 진실을 다 털어놓지 않는다면, 그건 아무 의미도 없고, 오히려 더 불쾌한 일일 뿐이야. 난 이 일과 상관없는 문제는 들추고 싶지 않다. 네 소중한 어머니가 세상을 뜬 이후 여러 불미스러운 일들이 일어났지. 아마도 그런 일들이 일어날 때가 된 것일 수도 있고 또는 그때가 우리가 생각한 것보다도 더 빨리 찾아온 건지도 모르겠다. 가게에서도 내가 모르고 넘어가는 일들이 꽤 있더구나. 아마 내게 숨기려는 것은 아닐지도 모르지. 그런 일들을 누가 숨기고 있다는 생각은 나는 하고 싶지도 않아. 난 이제 힘도 떨어지고 기억력도 흐려져서, 그 모든 일을 꿰뚫어 볼 수 있는 안목도 잃어버렸어. 이렇게 된 것은 첫째로 자연의 이치고, 둘째로 네 어머니의 죽음이 나를 너보다 훨씬 더 크게 짓눌렀기 때문이지. 그런데 마침 그 얘기가 나와서 하는 말인데, 그 편지 말이다. 제발 부탁하는 건데, 게오르크야, 나를 속이지 말거라, 그건 아주 하찮은 일이야. 숨길 가치도 없어. 그러니 나를 속이지 말거라. 정말로 페테르부르크에 그런 친구가 있다는 말이냐?”

게오르크는 당혹해하며 자리에서 일어섰다.

“제 친구들 얘기는 그만해요. 제게 수천 명의 친구가 있다고 해도 아버지를 대신할 수는 없어요. 아버지, 제가 생각하는 게 뭔지 아세요? 아버지가 스스로를 충분히 아끼지 않으신다는 거예요. 하지만 나이가 들면 몸에 신경을 쓰셔야 해요. 아버지는 가게에서 제게 없어서는 안 될 존재라는 걸 잘 아시잖아요. 만약 가게 일 때문에 아버지의 건강이 악화된다면, 저는 내일이라도 당장 가게 문을 완전히 닫을 거예요. 그건 절대 안 됩니다. 아버지를 위한 새로운 생활 방식을 시작해야 해요. 네, 아주 근본적으로 바꿔야 해요. 아버지는 여기 어두운 방에 앉아 계시지만, 거실로 가보세요. 훨씬 밝잖아요. 아침 식사도 조금씩만 드시는데, 제대로 드시고 기운을 차리셔야죠. 아버지는 또 창문을 닫은 채 앉아 계시는데, 신선한 바깥 공기가 몸에 얼마나 좋은데요. 아니, 안 되겠어요, 아버지! 의사를 불러올 테니, 그분의 지시를 따르도록 해요. 방도 바꾸는 게 좋겠어요. 아버지는 앞방으로 가시고, 제가 이 방으로 올게요. 아버지께는 아무 변화도 없을 거예요, 모든 게 그대로 옮겨질 테니까요. 하지만 그런 일은 모두 시간이 필요해요. 그러니 지금은 좀 쉬셔야 해요, 일단 침대에 좀 더 누워 계세요. 아버지는 절대 안정이 필요해요. 자, 옷 벗는 걸 제가 도와드릴게요. 보세요, 그 정도는 제가 할 수 있잖아요. 아니면 지금 당장 앞쪽에 있는 제 방으로 가셔서 잠시 제 침대에 누우셔도 돼요. 말이 나왔으니 하는 말이지만 그게 훨씬 더 현명한 선택인 것 같아요."

게오르크는 아버지 바로 곁에 다가섰다. 아버지는 헝클어진 백발 머리를 가슴에 떨어뜨린 채 고개를 숙이고 있었다.

"게오르크야." 아버지는 가만히 앉은 채로 나지막하게 말했다.

게오르크는 즉시 아버지 옆에 무릎을 꿇었다. 그는 아버지의 피곤한 얼굴에서 눈동자가 눈언저리까지 채울 정도로 커져서 자신을 향하고 있음을 보았다.

"네겐 페테르부르크에 친구가 없어. 넌 언제나 농담을 잘했고, 내 앞에서도 조심할 줄 몰랐어. 그런데 어떻게 하필 그곳에 네 친구가 있단 말이냐! 난 도무지 그걸 믿을 수 없구나."

"아버지, 다시 한번만 잘 생각해 보세요." 게오르크가 말했다. 그러고는 아버지를 의자에서 일으켜 세우며, 이제 꽤 약해져 힘없이 서 있는 아버지의 잠옷을 벗겨주면서 말을 이었다. "이제 곧 3년이 다 되어가요. 그때 제 친구가 저희 집에 왔었잖아요. 아버지는 그 친구를 별로 좋아하지 않으셨던 걸로 기억해요. 그 친구가 제 방에 와서 앉아 있었는데도, 제가 아버지한테 그 친구가 오지 않았다고 말씀드린 게 적어도 두 번은 돼요. 아버지께서 그를 싫어하신 이유도 저는 충분히 이해할 수 있었어요. 그 녀석은 좀 별난 데가 있었으니까요. 하지만 그러고도 아버지는 나중에 그 친구랑 꽤 사이좋게 대화를 나누셨어요. 저로서는 그때 아버지가 친구의 이야기를 듣고, 고개를 끄덕이며, 질문까지 해주시던 게 너무 자랑스러웠어요. 아버지도 한번 잘 생각해 보시면 기억이 나실 거예요. 그때 그 친구가 러시아혁명에 대해 믿기 어려운 이야기들을 들려줬잖아요. 예를 들어, 친구가 키예프에 출장 갔을 때 거기서 일어난 폭동의 와중에 어떤 성직자가 발코니에 서서 자기 손바닥에 커다란 피의 십자가를 그어 넣고, 그 손을 높이 들어 군중을 향해 소리치는 장면을 목격했다고 했죠. 그 이야기를 아버지도 여기저기에서 몇 번이고 다시 하셨잖아요."

그러는 동안 게오르크는 아버지를 다시 의자에 앉히고, 리넨 팬티 위에 입은 메리야스 바지와 양말을 조심스럽게 벗겨내는 데 성공했다. 깨끗하지 않은 속옷을 보면서 게오르크는 자신이 아버지를 돌보는 데 소홀했다는 자책감이 들었다. 아버지가 속옷을 갈아입는 것에 대해 신경 쓰는 것도 분명 자신의 책임이었을 텐데 말이다. 그는 앞으로 아버지를 어떻게 모실지에 대해 약혼녀와 아직 구체적으로 얘기하지 않았다. 둘 다 암묵적으로 아버지가 쭉 살아오던 이 집에 혼자 남게 될 거라고 생각하고 있었기 때문이다. 하지만 이제 그는 마음을 굳게 먹고, 아버지를 자신들이 함께 꾸릴 새 가정으로 모시기로 결심했다. 좀 더 자세히 들여다보니, 새 가정에서 아버지에게 해드려야 할 보살핌조차 너무 늦지 않았나 하는 생각마저 들었다.

그는 아버지를 두 팔로 안아서 침대로 옮겼다. 몇 걸음 되지 않는 거리였지만, 아버지가 게오르크의 가슴께에 드리워진 시곗줄을 만지작거리며 장난치는 것을 알아차린 순간 게오르크는 섬뜩한 느낌에 휩싸였다. 아버지가 시곗줄을 너무 꼭 붙들고 있어서, 아버지를 바로 침대에 눕히는 것도 쉽지 않았다.

하지만 아버지를 침대에 눕히고 나자 이제 모든 것이 괜찮아 보였다. 아버지는 스스로 이불을 덮었는데, 특히 어깨 위까지 덮이도록 이불을 끌어올렸다. 그리고서 아버지는 게오르크를 다정한 표정으로 쳐다보았다.

"이제 그 친구 기억나시죠, 그렇죠?"

게오르크는 이렇게 물으며 아버지의 기분을 북돋으려는 듯이 고개를 끄덕였다.

"이불이 지금 잘 덮였니?"

아버지는 마치 발이 충분히 덮였는지 스스로 확인할 수 없다는 듯이 이렇게 물었다.

"침대에 누워 계시면 기분이 좋으실 거예요."

게오르크는 이렇게 말하며 이불을 더 잘 여며주었다.

"잘 덮였니?"

아버지가 다시 물었고, 이번에는 그 대답에 특별히 귀 기울이는 듯했다.

"걱정 마세요, 잘 덮여 있어요."

"아니야!"

아버지가 소리쳤다. 그 목소리는 마치 대답이 질문에 들이받듯 날카로웠다. 그러면서 이불을 힘껏 내팽개쳤는데, 그 힘이 얼마나 셌던지 이불은 한순간 공중에서 완전히 펼쳐졌다가 떨어졌다. 아버지는 침대 위에 꼿꼿이 일어섰고, 단지 한 손만 가볍게 천장을 짚고 있었다.

"네가 나를 덮으려고 했지, 난 다 알아, 이 녀석아. 하지만 나는 아직 덮이지 않았어. 그리고 이것이 내게 남은 마지막 힘이라 해도, 너를 상대하기에는 충분하고도 넘치는 힘이지. 네 친구를 나도 잘 알고 있다. 그 애가 내 마음속으로는 아들이나 다름없어. 그래서 너는 그 오랜 세월 동안 그 애를 속여온 거야. 그렇지 않고서야 왜 그랬겠느냐? 넌 내가 그 애를 생각하며 눈물 흘리지 않았을 거라고 생각하니? 그렇기 때문에 네놈은 네 사무실 문을 잠그고 틀어박혀 있었던 거야. 사장님은 지금 바쁘시니 아무도 들어오지 말라고 하면서 말이야. 기껏 러시아로 보낼 그 거짓 편지를 쓰느라고 하는 수작일 뿐이었지. 하지만 다행히도 아버지란 존재는 누가 가르치지 않아도 아들을 꿰뚫어 보는 법을 알지. 너는 네 친구를 굴복시켰다고 믿고 있어. 네 엉덩이로 깔고 앉을 정도로 개를 제압했다고 생각했으며, 바로 그 순간에 우리 아드님께서는 결혼을 결심하신 거야!”

게오르크는 아버지의 끔찍스러운 모습을 올려다보았다. 아버지가 갑자기 그렇게 잘 알고 있다고 하는 그 페테르부르크의 친구가 그 어느 때보다도 게오르크의 마음에 사무쳐 왔다. 그러면서 광막한 러시아 땅에서 낭패를 당한 그 친구의 모습, 약탈당해 텅 빈 가게의 문간에 서 있는 친구의 모습이 떠올랐다. 산산이 부서져 쌓여 있는 선반들, 갈기갈기 찢긴 상품들, 떨어질 듯 간신히 매달려 있는 가스등 사이에 멍하니 서 있는 그의 모습이 떠올랐던 것이다. 그토록 멀리 떠났어야만 했던 이유가 과연 무엇이었단 말인가!

“근데 나를 좀 보거라!”

아버지가 소리쳤고, 게오르크는 거의 정신이 나간 상태로 이 모든 상황을 파악하려고 침대로 달려갔으나, 중간쯤에서 걸음을 멈추었다.

“그년이 치맛자락을 들었기 때문이지.” 아버지는 피리를 부는 듯 간드러진 목소리로 말하기 시작했다. “그년이 치마를 그렇게 들어 올렸기 때문이야. 그 혐오스러운 거위 같은 년이 말이야.”

그리고 아버지는 그 장면을 묘사하기 위해 셔츠를 추켜올렸다. 그 바람에 아버지의 위쪽 허벅지에 전쟁 시절 생긴 흉터가 선명히 드러났다. "그년이 치마를 이렇게, 또 이렇게, 또 이렇게 추켜올렸기 때문에 네가 그년에게 들러붙은 거야. 그리고 아무런 방해 없이 넌 그년과 재미를 보려고 네 어머니를 추모하는 마음을 더럽혔고, 친구를 배신했으며, 네 아버지를 침대에 처박아 움직이지 못하게 만들었지. 하지만 네 아버지가 과연 못 움직일까?" 그러면서 아버지는 아무런 부축도 받지 않고 완전히 자유롭게 서서 두 다리를 앞으로 쭉 폈다. 그의 얼굴은 다 알고 있다는 듯이 환하게 빛나고 있었다.

게오르크는 방의 한쪽 구석에, 아버지에게서 가능한 한 멀리 떨어져 서 있었다. 한참 전 그는 마음속으로 단단히 결심했었다. 모든 것을 아주 정확히 주시하자고, 그래야 우회적으로나 뒤쪽에서, 혹은 위쪽에서 갑자기 들이닥치는 기습을 피할 수 있으리라 여겼다. 이제 그는 잊은 지 오래된 그 결심을 떠올렸으나, 곧 다시 잊어버렸다. 마치 바늘귀에 짧은 실을 한번 꿰었다가 다시 빠뜨려 버린 것처럼 말이다.

"하지만 그렇다고 그 친구가 배신당한 것은 아니지!"

아버지가 외쳤다. 그리고 자기 말의 진실성을 강조하기 위해 집게손가락을 까딱까딱했다.

"난 이곳에서 그 친구의 대리인이었으니 말이다!"

"코미디언이로군요!"

게오르크는 참지 못하고 이렇게 소리쳤다. 그러자마자 그 말이 가져올 화를 곧 알아차리고서, 눈은 굳어진 채, 자기 혀를 깨물었다. 하지만 때는 이미 너무 늦었고, 혀를 깨무는 바람에 너무 아파서 무릎을 꺾고 주저앉았다.

"그래, 물론 나는 코미디를 한 거야! 코미디라! 말 한번 잘했구나! 홀아비가 된 늙은 아비에게 어떤 위로가 남아 있겠느냐? 말해보아라. 지금 대답하는 이 순간만큼은 내 살아 있는 아들이 되어봐라. 나에게 무엇이 남아 있겠느냐, 불성실한 직원들에게 시달리며, 뼈마디가 쑤시도록 늙어서 이제 뒷방 신세가 된 나에게 남은 게 뭐가 있겠느냐? 그런데 내 아들은 세상 속을 환희에 차서 활보하고, 내가 준비해 놓은 사업 계약들을 체결하며, 기쁨에 겨워 몸이 엎어질 지경이 되도록 즐기더니, 정작 아버지 앞에서는 신사인 양 속을 드러내지 않는 과묵한 표정을 지으며 자리를 떠버리는구나! 너는 내가, 널 낳은 이 아비가 너를 사랑하지 않았다고 생각하느냐?"

'이제 아버지가 앞으로 고꾸라지겠지'라고 게오르크는 마음속으로 생각했다. '그냥 쓰러져서 박살이 나버렸으면!' 이런 말이 번개처럼 그의 머리를 관통했다.

하지만 아버지는 몸을 앞으로 숙이긴 했으나 쓰러지지는 않았다. 예상과는 달리 게오르크가 다가오지 않자, 아버지는 다시 몸을 일으켜 세웠다.

"그 자리에 그대로 있어라, 난 네 도움이 필요 없어! 넌 아직 이리로 올 힘이 있다고 생각하지, 그리고 그냥 네 의지대로 몸을 움직이지 않고 있는 거라고 믿고 있지? 착각하지 마라! 아직은 내가 너보다 훨씬 강하단 말이다! 내가 혼자였다면 물러섰을지도 모르겠지만. 너의 어머니가 자기 힘을 나에게 넘겨주었고, 네 친구와는 내가 멋진 동맹을 맺었으며, 너의 고객 명단은 여기 내 호주머니 속에 다 들어 있다!"

'아버지는 속옷에도 호주머니가 있다니!'

게오르크는 속으로 이렇게 말했다. 그는 아버지가 그런 말을 하면서 자기를 세상 사람들 앞에서 우스꽝스럽게 만들지도 모른다는 생각을 했다. 하지만 단지 잠깐 그런 생각이 스쳐갔을 뿐, 게오르크는 곧 모든 것을 또다시 잊었다.

"그래, 네 약혼녀에게 매달려 나한테 오기만 해봐라! 내가 단숨에 그년을 네 옆에서 치워버릴 테니, 네가 상상도 못 하는 방식으로!"

게오르크는 아버지의 말을 믿지 못하겠다는 듯 얼굴을 일그러뜨렸다. 그러자 아버지는 자신이 한 말이 진짜임을 강조하듯이 게오르크가 서 있는 구석 쪽을 향해 그저 고개만 끄덕일 뿐이었다.

"오늘 네가 와서, 그 친구에게 약혼 이야기를 써 보내야 하느냐고 물었을 때, 내가 얼마나 재미있었는지 너는 모를 거다. 네 친구는 이미 다 알고 있어, 이 멍청한 놈아, 이미 다 알고 있다고! 내가 그에게 편지를 썼거든, 네가 잊어버리고 내 필기도구를 치우지 않은 덕분에 말이다. 그래서 수년째 네 친구가 오지 않고 있지. 그는 모든 일을 너 자신보다도 백 배는 더 잘 알고 있어. 그는 네가 보낸 편지는 펼쳐보지도 않고 왼손으로 구겨버리고, 오른손으로는 내가 보낸 편지들을 읽으려고 들고 있지!"

아버지는 감격에 겨운 나머지 팔을 머리 위로 흔들어대면서 소리쳤다.

"그 애는 모든 걸 수천 배나 더 잘 알고 있어!"

"수만 배는 될걸요!"

게오르크는 아버지를 조롱하려고 이렇게 외쳤다. 하지만 그 말은 입 속에서 죽음처럼 진지하게 울렸다.

"나는 수년 전부터 이 질문을 네가 가지고 올 것임을 지켜보고 있었어! 넌 내가 그 외의 무엇에 관심이 있을 거라고 생각하느냐? 넌 내가 신문을 읽고 있다고 생각해? 자, 받아라!"

그러면서 아버지는 어떻게 된 셈인지 침대 속으로 딸려 들어온 신문지 한 장을 게오르크에게 내던졌다. 게오르크가 전혀 이름도 알지 못하는 옛날 신문이었다.

"네가 이렇게 철이 들 때까지 도대체 얼마나 오래 머뭇거렸던 것일까! 네 어머니는 좋은 날을 누리지도 못하고 죽어야 했고, 네 친구는 러시아에서 폐인이 되어가고 있지, 그 애는 벌써 3년 전에 이미 누렇게 떠서 끝장나기 직전이었어. 그리고 나는, 보다시피 이 꼴이지 않느냐. 너도 눈이 있다면 보일 테지!"

"그러니까 저를 염탐하고 계셨군요!" 게오르크가 소리쳤다.

아버지는 동정하듯 지나가는 말로 덧붙였다.

"그 말을 너는 진작부터 하고 싶었겠지. 하지만 지금 그 말은 전혀 어울리지 않는구나."

그러더니 아버지는 더욱 큰 소리로 말했다.

"자, 이제 넌 알게 되었지, 네 외에도 세상에 무엇이 있었는지. 지금껏 넌 오직 너 자신밖에 몰랐었는데 말이야. 그래, 넌 본래 순진무구한 아이였지. 하지만 더 엄밀히 따지자면, 넌 악마 같은 인간이었던 거야! 그러니까 이제 잘 알아들어라, 나는 네게 익사형溺死刑을 선고하노라!"

게오르크는 방에서 내쫓기는 듯한 기분이었다. 그의 등 뒤에서 아버지가 침대 위로 털썩 쓰러지는 소리가 귓전에 울렸다. 그는 마치 경사진 평면을 달려가듯이 계단을 뛰어 내려가다가 아침 청소를 하러 계단을 올라오고 있던 하녀와 마주쳐 그녀를 깜짝 놀라게 했다.

"오, 세상에!"

그녀는 "어머나!" 하고 외치며 앞치마로 얼굴을 가렸지만 그는 이미 사라지고 없었다. 그는 대문을 뛰쳐나가 찻길 도로를 건너 강 쪽으로 내몰리듯 달려갔다. 그는 마치 굶주린 자가 음식을 움켜잡듯이 벌써 강가의 난간을 꽉 붙잡고 있었다. 소년 시절 뛰어난 체조 실력으로 부모님의 큰 자랑이었던 그는 난간 너머로 몸을 넘겼다. 그는 점점 힘이 빠져가는 두 손으로 여전히 난간을 꽉 붙잡고서, 난간 기둥들 사이로 버스를 흘끗 보았다. 그 버스는 게오르크가 물에 떨어지는 소리를 가볍게 묻히게 해줄 것 같았다. 그는 나지막하게 외쳤다. "사랑하는 부모님, 저는 그래도 부모님을 언제나 사랑했어요." 그러고는 몸을 아래로 떨어뜨렸다.

바로 그 순간 다리 위에는 오가는 차량들의 행렬이 끊이지 않고 계속되고 있었다.

# 변신

I

　어느 날 아침, 그레고르 잠자가 불안한 꿈에서 깨어났을 때, 그는 침대 속에서 징그럽게 생긴 한 마리 벌레[1]로 변해 있는 자신을 발견했다. 그는 갑옷처럼 딱딱한 등을 대고 누워 있었다. 고개를 약간 들어보니 둥글게 부풀어 오른 갈색의 배가 활 모양의 딱딱한 마디들로 나뉘어 있는 것이 보였으며, 배 위에 있는 이불은 그대로 덮여 있지 못하고 금방이라도 미끄러져 떨어질 것 같았다. 몸뚱이의 다른 부분에 비해 형편없이 가느다란 수많은 다리들이 눈앞에서 힘없이 버둥대고 있었다.

　'대체 어찌된 일이지?' 하고 그는 생각했다. 정녕 꿈은 아니었다. 사람이 살기에 약간 작기만 할 뿐 그래도 어엿한 사람 사는 방이라 할 수 있는 그의 방은 낯익은 네 벽으로 둘러싸여 평소와 똑같은 모습이었다. 따로따로 묶은 옷감 견본 꾸러미가 아무

---

1　여기서 '벌레'는 독일어 원어로 'Ungeziefer'를 나타낸다. 원어의 의미를 더 살리자면 '흉측한 해충', '흉측한 갑충' 등의 해석이 더 잘 어울리지만, 이 'Ungeziefer'라는 말이 히틀러가 유대인들을 강제수용소에서 처형할 때 사용했던 '이 벌레만도 못한 놈들'이라는 욕설임을 감안하여, 이 책에서는 '징그럽게 생긴 한 마리 벌레'로 옮겼다.

렇게나 널려 있는 책상 위쪽에는—잠자는 출장 영업사원이었다
—그가 얼마 전에 어떤 화보 잡지에서 오려내 예쁘장한 금박 액
자에 끼워 넣은 그림이 걸려 있었다. 그 그림은 어떤 숙녀의 모
습이었는데, 그녀는 모피 모자에 모피 목도리를 두른 채 꼿꼿이
앉아, 아래팔까지 완전히 가리고 있는 무거운 모피 토시를 보는
사람 눈앞에 쳐들고 있었다.

그레고르의 시선은 이제 그림에서 창 쪽으로 향했다. 흐리고
음산한 날씨 탓에—창틀의 양철 위로 빗방울 떨어지는 소리가
들렸다—그는 기분이 완전히 우울해졌다. '잠이나 좀 더 자면서
이런 바보스런 일을 죄다 잊어버리면 어떨까?'라고 그는 생각했
다. 그러나 전혀 그럴 수 없었다. 왜냐하면 그는 오른쪽으로 누
워 자는 버릇이 있었는데, 지금 그의 상태로는 도저히 그런 자세
를 취할 수 없었기 때문이다. 아무리 애를 써서 오른쪽으로 몸을
돌리려고 해도 자꾸만 등을 대고 누운 자세로 벌렁 나자빠졌다.
그는 일백 번쯤이나 그렇게 했으며, 허공에서 허우적거리는 다
리들을 보지 않으려고 눈을 감았다. 또한 전에는 없었던 가볍고
도 둔한 통증을 옆구리에서 느끼기 시작하자 그는 그 짓을 포기
하고 말았다.

'아! 이런, 맙소사! 어찌하여 내가 이렇게도 고된 직업을 택하
게 되었던가! 날이면 날마다 여행을 해야 하다니. 이 일은 사실
본사에서 하는 실제적인 일보다 훨씬 더 스트레스를 준단 말이
야. 게다가 여전히 여행을 떠나게 되면 떨쳐버릴 수 없는 고충
이 있지 않는가. 기차를 놓칠까 걱정이 앞서고, 허겁지겁 불규칙
한 식사를 해야 하고, 상대하는 고객들이 항상 바뀌기 때문에 그
들과 지속적이고 친근한 인간관계를 결코 맺을 수도 없고 말이

야. 정말 지긋지긋한 생활이야. 악마나 와서 이 모든 걸 가져가 라지!'

그는 배 위쪽이 약간 가려운 것을 느꼈다. 머리를 좀 더 잘 쳐들기 위해 등을 대고 누운 채 요리조리 움직여 천천히 침대 다리 가까이로 다가갔다. 마침내 가려운 부분을 찾았는데, 그곳에는 작은 흰 반점들이 가득했다. 그로서는 그게 무엇인지 알 수가 없었다. 그는 한쪽 다리로 그 부분을 만져보려고 하다가 금방 다리를 움츠리고 말았다. 왜냐하면 거기에 다리가 닿자마자 온몸이 오싹할 정도로 소름이 끼쳤기 때문이었다.

그는 다시 이전 자세로 벌렁 나자빠진 후 생각했다. '이렇게 일찍 일어나니까 사람이 멍청해지는군. 사람은 잠을 충분히 자야 해. 다른 출장 영업사원들은 하렘[1]의 여자들처럼 편하게 살고 있지 않은가. 예컨대 내가 발로 뛰어 힘겹게 주문받은 내용을 기입해 두려고 오전 중에 여관에 돌아오면 그제야 그들은 아침 식사를 하고 있거든. 사장이 보는 데서 내가 그런 짓을 했다간 당장 그 자리에서 해고를 당하겠지. 하지만 그렇게 쫓겨나는 게 내게 좋은 일이 될지 어떨지 누가 알 게 뭐람. 부모님 때문에 줄곧 참아왔지만, 그렇지만 않았다면 오래전에 사표를 냈을 거야. 사장 앞에 당당히 걸어가서 마음속에 품고 있는 의견을 송두리째 털어놓았을 거고, 그러면 사장은 분명 놀라서 책상에서 굴러떨어졌겠지. 사장이 책상 위에 올라 앉아 직원을 내려다보며 깔보듯 얘기하는 것은 참 별난 짓이야. 게다가 사장은 귀가 잘 들리지 않기 때문에 직원은 사장 가까이에 바싹 다가서야 해. 하지만

1 이슬람 국가에서 부인들이 거처하는 방. 가까운 친척 이외의 일반 남자들의 출입이 금지된 장소이다.

아직 희망이 전혀 없는 것은 아니야. 부모님이 그에게 진 빚을 다 갚을 만큼 돈을 모으면—물론 그렇게 되려면 아직 5~6년은 더 걸리겠지만—꼭 그렇게 해보이고야 말 거야. 그때야말로 내 삶의 커다란 전환점이 되겠지. 그렇지만 지금은 우선 일어나야 겠다. 5시 기차를 타야 하니까.'

그는 서랍장 위에서 째깍거리는 자명종 시계를 쳐다보았다. '이런, 큰일났구나!' 그는 생각했다. 벌써 6시 반이었다. 시곗바늘은 째깍째깍 잘도 움직이고 있었다. 아니, 6시 반을 지나 45분에 가까워지고 있었다. 자명종이 울리지 않았단 말인가? 자명종을 4시 정각에 맞춰놓은 것이 침대에서도 보였다. 틀림없이 자명종은 울렸을 것이다. 방 안의 가구를 뒤흔들 정도로 요란한 소리가 났을 텐데 어떻게 편안히 잠잘 수 있었을까? 아니지, 편안히 잠을 잔 것은 아니었겠지. 하지만 더욱더 곤한 잠에 빠져 있었음에 틀림없다. 그런데 이제 어떻게 해야 하지? 다음 기차는 7시에 출발한다. 그 기차를 타려면 정신없이 서둘러야만 한다. 그런데 견본도 아직 꾸려놓지 않았고, 기분이 전혀 상쾌하지도 않으며, 몸이 말을 들을 것 같지도 않다. 설사 기차를 탈 수 있다고 하더라도 사장의 벼락같은 호통을 피할 길이 없었다. 왜냐하면 사환이 5시 차를 기다리고 있다가, 내가 내리지 않은 사실을 이미 사장에게 보고한 지 오래되었을 테니까. 그 녀석은 사장의 꼭 두각시로 줏대가 없고 세상 물정도 모르는 놈이야. 그렇다면 몸이 불편해서 결근한다고 보고하면 어떨까? 그러나 그것은 너무나 곤혹스런 일이며 또한 수상하다는 의심까지 살 것이다. 왜냐하면 나는 5년이나 근무하는 동안 단 한 번도 병을 앓은 적이 없었으니까. 아마도 사장은 건강보험 의사를 대동하고 찾아올 게 틀림없다. 게으른 아들을 두었다고 부모님께 실컷 욕을 할 것이고, 아무리 아프다고 항변을 해본들 건강보험 의사의 의견을 내세워 내 항의를 묵살시킬 것이다. 건강보험 의사가 생각하기에는, 세상에는 아주 건강하지만 일하기 싫어서 꾀병을 앓는 사람만 있을 뿐이다. 그런데 이 경우 의사의 생각이 전적으로 틀렸다고 말할 수 있을까? 그레고르는 오래 자고 일어났는데도 더 졸린 것을 제외하고는 컨디션이 아주 좋았으며, 더구나 시장기를 몹시 느꼈던 것이었다.

그가 이 같은 것을 조급하게 생각했으면서도 침대에서 나가야겠다는 결심을 하지 못하고 있는데—그때 시계는 막 6시 45분을 가리켰다—그의 침대 머리맡의 문을 조심스럽게 노크하는 소리가 들렸다. "그레고르"라고 부르는 소리가 들렸다. 어머니였다.

"7시 15분 전이야. 안 나갈 거니?"

부드러운 음성이다! 그레고르는 자기의 대답 소리를 듣고 깜짝 놀랐다. 그 대답 소리는 틀림없이 예전의 자기 목소리였는데, 거기엔 저 아래쪽에서 울려 나오는 듯한, 어떤 억제하지 못할 고통스런 신음 소리가 섞여 있었다. '핏핏' 하는 그 신음 소리는 그가 하는 말들을 다만 처음 순간만 명료하게 들리게 할 뿐, 말끝은 분명치 않아서 상대방이 똑바로 알아들었는지 잘 알 수 없게 만들었다. 그레고르는 자세하게 대답을 하고 모든 것을 설명하려 했지만 사정이 그랬기 때문에 그저 "네, 네. 고마워요, 어머니. 지금 일어나고 있어요"라고 말하는 걸로 그쳤다. 나무로 된 문이 막고 있어서 그레고르의 목소리가 변한 것을 밖에서는 알 수 없는 것 같았다. 왜냐하면 어머니가 이 대답에 안심을 하고 발을 질질 끌며 가버렸기 때문이다. 그러나 간단하게 주고받은 이 짧은 대화 소리 때문에 집안의 다른 식구들은 벌써 회사에 갔으려니 생각했던 그레고르가 아직 집 안에 있다는 것을 알게 되었다. 어느새 아버지가 한쪽 옆문을 두드렸다. 약하게 두드렸지만 주먹으로 두드린 것이 분명했다.

"그레고르, 그레고르!"

아버지가 소리쳤다.

"도대체 어찌 된 일이냐?"

잠시 뒤에 아버지는 묵직한 소리로 다시 한번 대답을 재촉했다. "그레고르, 그레고르!" 다른 쪽 옆문에서는 여동생이 나지막한 목소리로 탄식하듯 말했다.

"오빠, 몸이 안 좋아요? 뭐 필요한 거 없어요?"

그레고르는 양쪽 문을 향해서 대답했다.

"나, 준비 다 됐어요."

그는 아주 조심스럽게 발음을 하고 한 마디 한 마디 사이에 긴 간격을 두어 자기 목소리가 이상하게 들리지 않도록 애썼다. 아버지는 아침 식사 자리로 되돌아갔다. 그러나 여동생은 소곤거렸다.

"오빠, 문 열어봐요. 제발."

그러나 그레고르는 문을 열 생각은 전혀 하지 않고 여행하면서 익힌 습관, 즉 집에 있을 때에도 밤에는 문이란 문은 다 잠그는 자기 습관을 고맙게 여기고 있었다.

우선 그는 아무런 방해도 받지 않고 조용히 일어나서 옷을 주워 입고 맨 먼저 아침 식사를 하고 그다음 일은 그때 가서 생각해 보려고 했다. 그도 알고 있듯이, 침대에 누운 채로는 아무리 생각을 해봤자 별 신통한 결론이 나올 수 없었기 때문이다. 생각해 보니 예전에도 침대에 잘못 누웠던 탓인지 몸에 가벼운 통증을 느낀 적이 있었지만, 나중에 일어나 보면 그것이 순전히 착각에 불과했던 일이 종종 있었다. 그래서 오늘 아침의 착각이 점차 어떻게 변화될지 그의 마음은 바짝 긴장되었다. 목소리가 변한 것도 출장 영업사원의 직업병이라 할 심한 독감 증세에 불과하다고 그는 조금도 의심 없이 생각했다.

이불을 걷어치우는 것은 간단했다. 몸을 약간 부풀리는 것만으로 충분했다. 그러자 이불이 저절로 내려졌다. 그러나 그다음부터가 힘들었다. 특히 몸이 터무니없이 옆으로 퍼져 있었기 때문이다. 일어나기 위해선 팔이나 손이 필요했다. 그런데 그런 것은 없고 다리만 많았다. 그 다리들은 각각 끊임없이 제멋대로 움직였고, 그의 뜻대로 통제할 수 없었다. 다리 하나를 구부리려고 하면 순식간에 그 다리가 먼저 쭉 뻗쳐지는 것이었다. 마침내 그 다리로 그가 원하는 대로 움직이는 데 성공했다 해도, 그 사이에 다른 다리들이 해방이라도 된 듯이 제멋대로 아프도록 요란스럽게 움직이고 있는 것이었다. "이렇게 쓸데없이 침대 속에 꾸물거리고 있어선 안 되겠어." 그레고르가 혼잣말을 했다.

우선 그는 하반신부터 침대에서 빠져나오게 하려고 했다. 그러나 그가 아직 보지도 않았으며 어떻게 생겼는지 제대로 상상할 수도 없는 그 하반신을 움직이기에는 너무 힘이 부친다는 것을 깨달았다. 움직임은 아주 천천히 진행되었다. 마침내 그는 화가 나서 온 힘을 다해서 몸을 마구 앞으로 내밀었지만, 방향을 잘못 잡아서 침대 기둥의 아랫부분에 세게 부딪쳤다. 그로 인한 화끈거리는 통증으로 그는 자기 몸의 하체가 신체 중 가장 예민

한 부분임을 순간적으로 알게 되었다.

그래서 그는 먼저 몸의 상체를 침대에서 빠져나오게 하려고 시도했다. 그는 조심스럽게 머리를 침대 가장자리 쪽으로 돌렸다. 이렇게 하는 것은 쉬웠다. 몸통은 넓고 크고 무거웠지만 결국에는 머리가 움직이는 방향으로 느릿느릿 따라 움직였다. 그러나 막상 머리를 침대 밖의 허공에다 쳐들었을 때, 그는 그 자세 그대로 계속 앞으로 나가기가 겁이 났다. 그런 자세로 침대 아래로 떨어진다면, 기적이라도 일어나지 않는 한, 머리에 부상을 입을 것은 당연했기 때문이다. 지금이야말로 어떠한 대가를 치르더라도 정신을 잃어서는 안 되는 순간이었다. 정신을 잃을 바에야 차라리 그냥 침대에 누워 있는 편이 낫겠다고 생각했다.

그러나 그가 전처럼 똑같은 수고를 한 후에 한숨을 쉬며 다시 처음 위치에 누웠을 때, 또 자기의 다리들이 더욱 화난 듯 서로 엉켜 허우적거리는 꼴을 보고는 그렇게 제멋대로 놀아서는 휴식과 질서를 가져올 가능성이 없다는 것을 깨달았을 때, 그는 그냥 침대에 누워 있을 수는 없는 일이라고 자신을 타일렀다. 비록 침대에서 빠져나갈 희망이 지극히 희박하다 하더라도, 어떤 희생이라도 무릅쓰고 그것을 단행하는 것이 가장 현명한 일이라고 생각했다. 동시에 그는 절망적인 결심보다는 침착하고 좀 더 냉정하게 심사숙고하는 것이 한결 낫다는 것을 명심하기를 잊지 않았다. 생각이 여기에 미쳤을 때, 그는 가능한 한 날카로운 눈초리로 창문 쪽을 쳐다보았다. 그러나 좁은 거리의 건너편까지 자욱이 끼어 있는 아침 안개만 보게 되어 유감스럽게도 어떤 확신을 얻거나 명랑한 기분이 들지는 않았다. "벌써 7시로군." 자명종이 또다시 울리는 소리를 듣고서 그가 혼잣말을 했다. '7시가 되었는데도 여전히 저렇게 안개가 끼어 있군.' 잠시 그는 가볍게 숨을 쉬면서 조용히 누워 있었다. 그것은 마치 완전한 적막 속에서 모든 것이 현실적이며 납득이 갈 수 있는 본래 상태로 되돌아가기를 기대하는 듯한 모습이었다.

그러다가 그는 혼잣말을 했다. "7시 15분이 되기 전에는 무슨 일이 있어도 침대에서 완전히 빠져나와야 해. 그때까지는 회사에서 누군가가 올 거야. 일에 대한 것을 물어보려고 말이야. 사무실은 7시 이전에 문을 여니까." 이제 그는 몸 전체에 골고루 힘을 주고서 좌우로 몸을 흔들어 침대 밖으로 나오려고 애썼다. 이런 식으로 침대에서 몸을 떨어뜨릴 경우, 떨어지면서 머리를 바짝 쳐들기만 한다면 머리를 다치지는 않을 것 같았다. 등은 단단한 것처럼 보였으므로 양탄자 위에 떨어져도 아무렇지 않을 것이다. 가장 염려스러운 것은 떨어질 때 으레 생길 쿵 하는 요란한 소리였다. 그런 소리가 나면 문 밖에 있는 식구들을 놀라게 하지는 않더라도 걱정을 끼칠 것 같았다. 하지만 이 일을 대담하게 시도하지 않으면 안 되었다.

그레고르가 몸을 반쯤 침대 밖으로 일으켰을 때—이 새로운 방법은 힘든 일이라기보다는 오히려 무슨 장난 같았다. 그저 기분 내키는 대로 덜컥덜컥 몸을 흔들어주기만 하면 되었다—누군가가 자신을 도와주기만 하면 이 모든 일이 얼마나 간단할까 하는 생각이 들었다. 힘센 사람 두 명이면—그는 아버지와 하녀를 생각했다—충분할 것 같았다. 그들은 둥그스름한 그의 등 아래로 두 팔을 집어넣어 그를 침대에서 빼내고 허리를 굽혀 바닥에 내려놓은 다음 그가 방바닥 위에서 몸을 뒤집을 때까지 조심스럽게 참아주기만 하면 될 것 같았다. 뒤집기만 하면, 그다음엔 자그마한 다리들이 바라건대 제 기능을 하게 될 것이다. 그렇다면 문들이 잠겨 있다는 사실은 완전히 무시하고, 이젠 정말 도와달라고 소리쳐야 한단 말인가? 곤경에 빠져 있으면서도 그런 생각을 하게 되자 그는 웃음을 억제할 수 없었다.

이미 그는 조금만 세게 흔들면 몸의 균형을 잡을 수 없을 정도에 이르렀다. 게다가 그는 이제 곧 최종적인 결단을 내려야 했다. 5분만 지나면 7시 15분이 되기 때문이었다. 바로 그때 현관문에서 벨이 울렸다. "회사에서 사람을 보냈구나." 이렇게 중얼거리는데 몸은 거의 굳어버렸다. 그러는 사이에도 그의 작은 다리들은 더욱 요란하게 허공에서 춤추듯 바동거렸다. 한순간 주위가 고요해졌다. "문을 열어주지 않을 거야." 하고 터무니없는 기대를 가지며 중얼거렸다. 그러나 그의 기대와는 달리 여느 때와 다름없이 하녀가 흔들리지 않는 발걸음으로 현관으로 다가가서 문을 열었다. 그레고르는 방문객의 인사말 첫마디만 듣고도 누구인지 금방 알아차렸다―영업부장이었다. 어찌하여 유독 그레고르만이 조금만 게으름을 피워도 즉각 엄청난 의심을 사는 그런 회사에 다니는 신세일까? 대관절 회사원 모두가 건달꾼이란 말인가. 도대체 그들 중에는, 아침나절 두서너 시간만 회사를 위해 일하지 않는다 해도 정신 나간 사람처럼 양심의 가책을 받아, 그 결과 침대를 떠나지도 못하는 상태에 빠지게 되는 그런 성실하고 헌신적인 나 같은 인간이 없단 말인가? 수습사원을 보내 물어보도록 해도―뭘 물어보는 게 필요했다면 말이다―충분하지 않았을까? 굳이 영업부장이 직접 와서, 이 수상쩍은 사건은 오로지 영업부장의 판단에만 맡겨질 수 있는 것이라고 아무 죄 없는 식구들에게까지 알려져야 한단 말인가? 그레고르는 각

오를 단단히 해서라기보다는 오히려 이런 생각에 몰두해서 생긴 흥분 때문에 있는 힘을 다해 침대 밖으로 뛰어내렸다. 쿵 하고 떨어지는 소리가 크게 났지만 사실 요란한 소리는 아니었다. 양탄자가 깔려 있는 탓에 떨어지는 소리가 좀 약했다. 그리고 등은 그레고르가 생각했던 것보다는 탄력이 있었다. 그래서 떨어졌을 때 주의를 끌 만한 둔탁한 소리는 나지 않았다. 단지 머리를 충분히 조심스럽게 치켜들지 않았기 때문에 머리를 바닥에 부딪치고 말았다. 그는 화도 나고 고통스럽기도 해서 머리를 이리저리 돌려 양탄자에다 문질렀다.

"저 방 안에서 뭔가 떨어졌군요."

영업부장의 말소리가 왼쪽의 옆방에서 들려왔다. 그레고르는 오늘 자기에게 일어난 일과 흡사한 일이 영업부장에게도 언젠가 일어나지 않을까 상상해 보았다. 사실 그럴 가능성이 있다는 것은 부인할 수 없었다. 그러나 그런 의문에 대해서 따끔한 대답을 해주려는 듯이 영업부장은 옆방에서 몇 발짝 또박또박 걸으며 에나멜 구두를 삐걱거렸다. 오른쪽 옆방에서는 여동생이 그레고르에게 바깥 사정을 알려주기 위해 속삭이는 소리로 말했다.

"오빠, 영업부장님이 오셨어요."

"알아."

그레고르는 혼자 중얼거렸다. 그러나 그는 여동생이 알아들을 수 있을 만큼 그렇게 큰 소리는 감히 낼 수 없었다.

"그레고르야."

이번에는 왼쪽의 옆방에서 아버지가 말했다.

"영업부장님께서 오셔서 왜 네가 새벽 열차로 출발하지 않았느냐고 물으신다. 뭐라고 말씀드려야 할지 우리는 잘 모르겠구

나. 영업부장님께서 너와 개인적으로 얘기를 나누고 싶어 하시는구나. 그러니 문을 열거라. 방이 지저분해도 아마 이해해 주실 거다."

"안녕하신가, 잠자 씨."

영업부장이 친근한 목소리로 끼어들었다.

"저 애가 몸이 편치 않아요."

아버지가 계속 문에 대고 얘기를 하고 있는 동안에 어머니가 영업부장에게 말했다.

"저 애는 몸이 편치 않아요. 제 말을 믿어주세요, 영업부장님. 그렇지 않고서야 어떻게 그레고르가 기차를 놓치겠어요! 저 애의 머릿속에는 회사 일 말고는 아무것도 없어요. 저녁에도 외출하는 일이 없어서 제가 화가 날 지경이에요. 오늘로 벌써 일주일째 시내에 와 있으면서도 매일 저녁 집에만 처박혀 있답니다. 집에 있을 때면 식탁에 앉아서 조용히 신문을 보거나 기차 시간표를 체크하고 있지요. 간혹 실톱으로 무언가를 만들 때가 있는데, 그게 저 애의 유일한 기분풀이예요. 예를 들어 이삼일 저녁 시간 동안 계속해서 만지작거리면 작은 액자를 하나 만들어낸답니다. 얼마나 예쁜지 보면 놀라실 겁니다. 저 방 안에 걸려 있습니다. 그레고르가 문을 열면 금방 보실 수 있지요. 그것은 그렇다 치고 영업부장님께서 이렇게 와주셔서 얼마나 다행인지 몰라요. 저희들만으로는 그레고르더러 문을 열게 하지 못했을 거예요. 저 앤 보통 고집이 아니거든요. 틀림없이 몸이 안 좋은 거예요. 아침에 물어보았더니 별일 없다고 했지만요."

"곧 나갑니다."

그레고르는 천천히 조심스럽게 말하고 그들 대화를 한 마디도 놓치지 않으려고 꼼짝도 하지 않았다.

"부인, 저도 달리는 해명이 안 되는군요." 하고 영업부장이 말했다.

"대수로운 일이 아니었으면 좋겠네요. 그렇지만 또 한편으로 말씀을 드리자면 우리 사업하는 사람들은—유감스러운 일인지 다행스런 일인지 사정이 어떻든 간에—몸이 약간 불편한 것쯤은 사업을 고려해서 참고 넘겨야만 하지요."

"그럼 이제 영업부장님께서 들어가도 되겠느냐?"

조마조마해하던 아버지가 다시 문을 두드리며 물었다.

"안 돼요."

그레고르가 말했다. 왼쪽 옆방에서는 곤혹스러운 침묵이 흘렀고, 오른쪽 옆방에서는 여동생이 흐느껴 울기 시작했다.

대관절 여동생은 왜 다른 사람들이 있는 데로 가지 않는 걸까? 아마 침대에서 이제 막 일어나서 미처 옷도 입지 못한 모양이지. 그런데 왜 우는 걸까? 오빠가 일어나지도 않고 영업부장을 들어오지도 못하게 해서일까? 아니면 오빠가 직장을 잃게 될 위험이 있어서 그러는 걸까? 오빠가 직장을 잃은 다음에는 사장이 다시 옛날 빚을 독촉하면서 부모님을 못살게 할까 봐 그럴까? 하지만 그런 염려 따위는 지금으로선 쓸데없는 걱정이다. 아직은 그레고르가 여기에 있고, 가족을 저버리고 떠날 생각은 추호도 하지 않고 있다. 지금 당장은 양탄자 위에 누워 있는 신세지만, 그의 형편을 아는 사람이라면 아무도 그더러 영업부장을 들어오게 하라고 진지하게 요구하지 않았을 것이다. 그러니까 나중에 적절한 변명을 가볍게 할 수 있는 이런 하찮은 결례 때문에 그가 즉각 해고당할 수는 없는 일이었다. 그레고르의 생각으

로는 울고 애원하면서 자기를 괴롭히는 것보다는 자기를 이대로
가만히 있게 해주는 편이 훨씬 더 현명한 일인 것 같았다. 그러
나 사태의 진상을 알지 못하는 그들을 괴롭히고 또 그들의 행동
을 합리화시켜 주는 것은, 도무지 갈피를 잡을 수 없는 바로 그
불확실성이었다.

영업부장이 언성을 높여서 말했다.

"잠자 씨, 도대체 무슨 일입니까? 당신은 방 안에 바리케이드
를 치고 틀어박혀 '네, 아니오'라고만 대답하면서 부모님한테 쓸
데없는 커다란 걱정을 끼쳐드리고, 또―말이 나온 김에 하는 말
이지만―아주 이상한 방법으로 당신의 직무상의 의무를 태만
히 여기고 있어요. 내가 여기서 당신 부모님과 사장님의 이름
으로 말하는데, 당신의 즉각적이고 명확한 해명을 아주 진지하
게 요청합니다. 놀랐네요, 놀랐어. 그래도 난 당신을 차분하고 분
별 있는 사람으로 알고 있었는데, 이제 갑자기 이상한 변덕을 부
리기 시작하려는 것 같군요. 사실 오늘 아침에 사장님께서 그럴
싸한 설명으로 당신의 직무 태만에 대해서 암시하긴 했어요. 그
건 얼마 전에 당신에게 맡긴 수금과 관련되는 일이었는데, 그래
도 나는 그런 설명은 맞지 않는다고 거의 내 명예를 걸고서 맹
세를 했어요. 하지만 이제 여기서 당신의 이해할 수 없는 똥고집
을 보니까, 당신을 위해 조금이라도 변호해 주고 싶던 마음이 완
전히 사라지고 말았소. 그리고 당신의 일자리도 결코 확고부동
한 것은 아니오. 원래 나는 이 모든 이야기를 당신과 단둘이서만
할 생각이었지만, 당신이 내 시간을 이렇게 쓸데없이 허비하게
하기 때문에 당신 부모님도 이 일에 대해 알지 못할 이유가 없
는 것 같소. 당신의 최근 업무 실적은 무척 불만족스러웠소. 물

론 지금이 계절적으로 보아 거래가 활발한 시기는 아니오. 그 점은 우리도 인정하오. 그렇지만 영업이 안 되는 계절이란 절대로 있을 수 없고, 또 있어서도 안 되지요, 잠자 씨.”

“그렇지만, 영업부장님.” 그레고르는 자신도 모르게 이렇게 외쳤고, 흥분한 나머지 다른 일은 모두 잊어버리고 말았다. “지금 당장 문을 열어드리겠습니다. 몸이 약간 불편하고, 현기증이 좀 있어서 일어날 수가 없었어요. 저는 아직도 침대에 누워 있습니다. 그렇지만 지금은 다시 몸이 괜찮아졌어요. 막 침대에서 일어나는 중이에요. 조금만 참아주십시오. 아직은 몸이 생각만큼 그렇게 좋진 않습니다. 하지만 금세 또 괜찮아졌네요. 어떻게 이런 일이 갑자기 한 인간에게 닥칠 수 있는지! 어제 저녁까지만 해도 몸이 아주 좋았습니다. 그건 부모님께서도 잘 알고 계십니다. 아니, 잘 생각해 보니, 어제 저녁에 이미 가벼운 조짐이 있었습니다. 누가 나를 유심히 쳐다보았다면 분명 알아챘을 겁니다. 왜 제가 그걸 미리 회사에 알리지 않았는지! 하지만 이 정도의 병은 누구든지 집에서 쉬지 않고도 이겨낼 수 있다고 생각하기 마련이지요. 영업부장님, 제 부모님을 책망하지는 말아주십시오. 영업부장님께서 지금 제게 하신 비난은 모두 터무니없는 것입니다. 아무도 제게 그런 말을 단 한 마디도 한 적이 없습니다. 영업부장님께서는 제가 최근에 발송한 주문서를 아마 읽어보지 않으신 모양이군요. 아무튼 좋습니다. 8시 기차로는 출발하도록 하겠습니다. 두서너 시간 쉬었더니 기운을 다시 회복했네요. 영업부장님, 제발 여기 계시지 말고 돌아가 주십시오. 제가 회사로 곧장 나가겠습니다. 그러니 아량을 베푸시어 사장님께 그렇게 말씀드려 주시고, 또 저에 대해서도 말씀 좀 잘 드려주십시오!”

　그레고르는 이 모든 말들을 급히 쏟아놓았기 때문에 자기가 무슨 말을 했는지 거의 알지 못했다. 그러는 동안 그는 아까 침대에서 연습했던 덕인지 쉽사리 서랍장 쪽으로 다가갔으며, 이제 거기에 기대어 몸을 일으켜 세우려고 시도해 보았다. 사실 그는 문을 열고 자기 모습을 내보이면서 영업부장과 얘기를 나누려고 했다. 그는 자기를 지금 그토록 보고 싶어 하는 사람들이 자기의 모습을 보면 무슨 말을 할지 간절히 알고 싶었다. 그들이 자지러질 정도로 놀란다면, 그건 더 이상 그레고르의 책임이 아니니까 가만히 있으면 될 일이겠지. 하지만 그들이 모든 것을 태연하게 받아들인다면, 그레고르 자신도 흥분할 아무 이유가 없고, 그러니까 급히 서두르기만 하면 정말 8시에는 역에 도착할 수 있을 것이었다. 처음에는 몇 번이나 그 반들반들한 서랍장에 등을 기대려다 미끄러졌지만, 그는 있는 힘을 다해 최후의 도약을 시도했고 마침내 똑바로 일어설 수 있었다. 하복부가 불에 타듯 화끈거리고 아렸지만 그런 통증엔 전혀 개의치 않았다. 이제 그는 가까이 있는 의자 등받이에 몸을 던져, 가느다란 작은 다리들로 그 가장자리를 꽉 붙잡았다. 그렇게 함으로써 자기 몸을 제어할 수 있게 되었다. 그러고는 갑자기 침묵을 지켰다. 영업부장이 하는 말을 들을 수 있었기 때문이다.

　“아드님의 말을 한 마디라도 알아들으셨나요?” 영업부장이 부모님에게 물었다. “설마 우리를 바보 취급 하고 있는 건 아니겠지요?”

　“그럴 리가!” 이미 울음 섞인 어머니의 목소리가 들려왔다. “저 애가 많이 아픈가 봐요. 그것도 모르고 우리는 저 애를 괴롭히고 있어요. 그레테! 그레테!” 어머니가 소리쳤다.

"왜요, 엄마?"

여동생이 맞은편에서 외쳤다. 그들은 그레고르의 방을 사이에 두고 얘기를 주고받았다.

"너 지금 당장 의사한테 다녀와야겠다. 오빠가 병이 났어. 빨리 의사를 불러와. 너 방금 그레고르가 말하는 소리를 들었니?"

"그건 동물의 목소리였습니다."

영업부장은 어머니의 비명에 가까운 소리에 비해 현저하게 낮은 목소리로 말했다.

"안나! 안나!" 아버지가 곁방을 통해 부엌에다 대고 소리치면서 손뼉을 쳤다. "얼른 열쇠 수리공을 불러오너라."

그러자 두 처녀는 치맛자락 스치는 소리를 내면서 곁방을 가로질러 달려가—대체 여동생은 어떻게 그렇게 빨리 옷을 입었을까?—현관문을 확 열어젖혔다. 문이 닫히는 소리는 전혀 들리지 않았다. 큰 불행이 일어난 집에서 흔히 그렇듯이 두 처녀는 문을 활짝 열어놓은 채 나간 모양이었다.

그러나 그레고르는 훨씬 더 침착해져 있었다. 아마 귀에 익은 탓인지 그레고르는 자기 말이 충분히 명확하게, 전보다 더 명확하게 들린다고 여겼음에도 불구하고 다른 사람들은 그의 말을 더 이상 알아듣지 못했다. 아무튼 이제 그들은 그에게 뭔가 이상이 있다고 믿고서 그를 도와줄 준비가 되어 있었다. 그들의 첫 조치가 확실하고 믿음직하게 취해진 덕분에 그레고르는 기분이 좋아졌다. 그는 다시 사람들의 무리 속에 편입되는 기분이었으며, 의사와 열쇠 수리공에 대해서는—그 둘을 정확히 분간하지도 못하면서—그들이 굉장하고 놀랄 만한 성과를 보여주지 않을까 기대했다. 운명을 좌우할 결정적 대화 상담에서 가급적 명료한 목소리를 내기 위해서 그는 기침을 몇 번 해보았다. 물론 가라앉은 낮은 소리로 하느라고 애썼다. 왜냐하면 그러한 기침 소리조차도 어쩌면 다른 사람의 기침 소리와는 다르게 들릴지도 모르며, 스스로 더 이상 그런 것을 판단할 자신이 없었기 때문이 었다. 그 사이에 옆방은 아주 조용해졌다. 아마도 부모님과 영업 부장은 식탁에 앉아 귓속말로 소곤거리고 있거나, 아니면 모두 들 문에 기대어서 엿듣고 있을지도 모른다.

그레고르는 천천히 안락의자를 문 쪽으로 밀어 거기에다 안락 의자를 놓아두었다. 그러고는 문을 향해 몸을 던져, 그 문에 몸 을 붙이고 똑바로 서서―그의 작은 다리들의 끝에서는 끈적거 리는 액체가 약간 분비되고 있었다―힘든 일로부터 잠시 동안 지친 몸을 쉬었다. 그런 다음 입으로 자물쇠에 꽂힌 열쇠를 돌리 는 작업에 착수했다. 유감스럽게도 그에게는 제대로 된 이빨이 없는 것 같았다. 무엇으로 열쇠를 잡아야 하나? 그러나 이빨이 없는 대신 단단한 턱이 있었다. 정말로 그는 턱을 사용하여 열쇠 를 움직일 수 있었다. 그러는 와중에 분명 어디엔가 상처를 입었 는데도 그는 개의치 않았다. 입에서 거무스름한 액체가 흘러나 와 열쇠 위를 따라 방바닥에 뚝뚝 떨어지고 있었다.

"저 소리 좀 들어보세요." 옆방에서 영업부장이 말했다. "열쇠 를 돌리고 있어요."

이 말은 그레고르에게 커다란 격려가 되었다. 하지만 모두가 다 그에게 힘내라고 응원을 보내주면 좋을 텐데. 아버지도 어머 니도. '힘내라, 그레고르. 자, 이쪽으로, 자물쇠를 꽉 붙잡고!' 모 두 이렇게 소리쳐 주었으면 좋을 텐데 말이다. 자신이 애쓰고 있 는 것을 모두가 가슴 졸이며 주시하고 있다는 생각에 그는 혼신

의 힘을 다해 미친 듯이 열쇠를 꽉 깨물었다. 열쇠가 계속 돌아
감에 따라 그의 몸도 자물쇠 주위를 춤추듯 돌았다. 이제 그의
몸은 입의 힘만으로 버티고 있었는데, 필요에 따라 열쇠에 매달
리기도 하고 전신의 체중을 실어 열쇠를 다시 내려 누르기도 했
다. 마침내 자물쇠가 찰칵 하고 뒤로 당겨져 열리는 맑은 소리에
그레고르는 정신이 번쩍 들었다. 안도의 숨을 내쉬면서 그는 중
얼거렸다. "열쇠 수리공을 부를 필요가 없었어." 그러고는 문을
완전히 열어놓기 위해서 손잡이 위에 머리를 올려놓았다.

그런 식으로 문을 열어야만 했기 때문에 사실 문이 상당히 넓
게 열렸음에도 그의 모습은 아직 보이지 않았다. 그는 우선 한쪽
문짝 주위를 천천히 돌아 나가야만 했다. 더욱이 거실로 나가기
직전에 모양 없게 벌렁 자빠지는 일이 없으려면 매우 조심스럽
게 움직여야 했다. 그는 그 힘든 동작에 몰두하느라고 다른 것엔
신경 쓸 겨를이 없었다. 그때 그는 영업부장이 "앗!" 하고 크게
내지르는 소리를 들었고―그것은 마치 바람이 지나가는 소리처
럼 들렸다―그제야 그는 문에서 가장 가까이 서 있던 영업부장
이 벌어진 입을 손으로 막으면서 주춤주춤 뒷걸음질 치는 모습
을 보았다. 마치 눈에 보이지 않는 어떤 힘이 일정한 속도로 작
용하여 그를 몰아내고 있는 것 같았다. 어머니는―영업부장이
와 있는데도 간밤에 풀어놓아 헝클어지고 위로 삐져나온 머리를
하고 있었다―두 손을 모은 채 먼저 아버지를 쳐다보고, 그다음
에 두어 걸음 그레고르한테 다가가더니 치마가 사방으로 펼쳐지
며 그 가운데 느닷없이 쓰러지고 말았다. 얼굴은 가슴에 파묻혀
하나도 보이지 않았다. 아버지는 그레고르를 그의 방으로 도로
밀어 넣으려는 것처럼 적의에 찬 표정으로 주먹을 쥐더니 불안

스럽게 거실을 두리번거렸고, 그런 다음 양손으로 눈을 가리고 그 튼튼한 가슴이 들먹거릴 정도로 울었다.

그레고르는 거실로 나가지 않고 빗장이 단단히 걸린 한쪽 문짝 안쪽에 기대고 있었다. 그래서 그의 몸은 절반만 보였고, 그 위로는 다른 사람들을 엿보기 위해 옆으로 갸우뚱 기울인 머리가 보였다. 그러는 사이에 날은 훨씬 밝아져 있었다. 길 건너편에 끝없이 늘어선 짙은 회색 건물의 단면이 선명하게 나타났다. 그것은 병원이었다. 거리 쪽 건물 전면으로는 불쑥 튀어나온 창문들이 규칙적인 간격을 두고 나 있었다. 아직도 비가 내리고 있었는데, 하나하나 눈에 보일 정도로 굵은 빗방울이 한 방울씩 땅바닥에 떨어지고 있었다. 식탁 위에는 아침 식사 때의 식기가 수북하게 쌓여 있었다. 아버지에게는 아침 식사가 하루 중에 가장 중요한 식사였기 때문이다. 아버지는 여러 가지 신문을 읽어가면서 아침 식사를 몇 시간씩 질질 끌었다. 바로 맞은편 벽에는 군대 시절에 찍은 그레고르의 사진이 걸려 있었다. 사진 속 계급은 소위였으며, 군도軍刀에 손을 대고 편안히 웃는 얼굴로 마치 자기의 멋진 자세나 제복에 경의를 표하기를 요구하는 것 같았다. 응접실로 통하는 문은 열려 있었다. 그리고 현관문도 열려 있어서 집의 앞마당과 앞마당으로 내려가는 층계의 맨 윗부분이 내다보였다.

"그럼," 하고 그레고르는, 자기가 냉정을 유지하고 있는 유일한 사람이라는 것을 분명하게 의식하며 말했다. "금방 옷을 입고 견본품을 꾸려 출발하도록 하겠습니다. 모두들 제가 출발하기를 원하시잖아요? 그런데 영업부장님, 보시다시피 저는 고집이 센 게 아니라 일하기를 좋아합니다. 출장 여행이란 고된 것이지만 전 그 여행을 안 하면 살 수 없어요. 영업부장님, 대체 어디로 가시는 겁니까? 회사에 가십니까? 그렇죠? 모든 일을 사실대로 보고하실 겁니까? 사람이란 어느 한순간 일할 능력이 없을 수도 있습니다. 바로 그럴 때야말로 과거 실적을 기억하시고 나중에 어려움이 제거된 후에는 틀림없이 전보다 더 열심히, 더 집중적으로 일할 수 있을 거라고 배려할 때입니다. 물론 제가 사장님께 많은 신세를 지고 있다는 것을 영업부장님도 잘 아시지요. 그런데다가 저는 부모님과 여동생도 보살펴야 합니다. 전 지금 어려운 처지에 놓여 있습니다만, 다시 거기서 빠져나올 것입니다. 저를 지금보다 더 어려운 처지에 빠지지 않도록 해주십시오. 회사에 가서는 제 편이 되어주십시오! 사람들이 출장 영업사원을 좋아하지 않는다는 건 저도 알고 있어요. 큰돈을 벌면서 보란 듯이 살고 있다고들 생각하지요. 그런 편견을 곰곰이 생각해 볼 특별한 계기는 없습니다. 하지만 영업부장님, 영업부장님께선 다른 어떤 직원들보다도 회사의 사정을 잘 알고 계십니다. 그래서 믿고 말씀드리는 거지만, 영업부장님은 사실 사장님보다도 사정을 더 잘 알고 계십니다. 사장님은 기업주라는 입장이기 때문에 자기의 판단을 내릴 때 직원에게 불리한 판단을 내리도록 현혹되기 쉽습니다. 거의 1년 내내 회사 밖에서 지내는 저희 출장 영업사원들이 온갖 소문, 우연한 일, 근거 없는 불만 등의 희생물이 되기 쉽다는 것을 영업부장님께서는 잘 아실 겁니다. 그런 일들을 저희들이 막아내기란 전혀 불가능한 일입니다. 왜냐하면 대개는 그 내용에 대해 아무것도 모르고 있으며, 출장을 마치고 녹초가 되어 있을 때에야 비로소 집에서 그 원인조차 알 수 없는 좋지 않은 결과만을 몸소 느끼는 형편이기 때문입니다. 영업부장님, 가시기 전에 제 얘기가 적어도 어느 정도는 옳다고, 한 마디라도 괜찮으니 시인해 주십시오.”

그러나 영업부장은 그레고르가 처음 몇 마디 말을 했을 때 이미 몸을 돌렸고, 그리고 입술을 위쪽으로 삐죽 내민 채 움찔거리는 어깨 너머로 그레고르 쪽을 돌아다볼 뿐이었다. 그리고 그레고르가 말하는 동안 그는 잠시도 가만히 서 있지 않았고, 그레고르에게서 눈을 떼지 않은 채 문 쪽으로 발걸음을 옮겼다. 하지만 마치 방을 떠나서는 안 된다는 비밀 지령이라도 받은 것처럼 아주 조금씩 천천히 걸어갔다. 그는 벌써 응접실에 있었다. 그가 거실에서 마지막으로 발을 떼던 갑작스런 동작은 마치 발바닥에 불이라도 붙은 것이 아닌가 하는 생각이 들 정도였다. 응접실에서 그는 오른손을 계단 쪽으로 쭉 내뻗었다. 마치 그곳에 초자연적인 구원의 손길이 자기를 기다리고 있기라도 한 듯했다.

그레고르는 영업부장을 이런 기분으로 가게 한다고 해서 회사에서의 자기 위치가 굉장히 위태롭게 되는 것은 아니지만, 무슨 일이 있어도 영업부장을 그렇게 보내서는 안 된다고 생각했다. 부모님은 그 모든 사정을 잘 이해하지 못했다. 여러 해가 지나는 동안에 부모님은 그레고르가 이 회사에서 성실하게 일하면 평생토록 생활이 보장될 거라는 확신을 갖게 되었다. 게다가 지금 그들은 눈앞에 닥친 걱정에 너무 신경을 쓰고 있어서 앞일을 생각할 여유가 없었다. 그러나 그레고르는 앞일을 생각하고 있었다. 영업부장을 붙잡아 진정시키고 설득시켜 마침내는 그의 환심을 사야 했다. 그레고르와 가족의 장래는 바로 그 성패에 달려 있었다! 여동생이 여기에 있었으면 좋았을 텐데! 그 애는 영리했다. 그레고르가 조용히 누워 있었을 때 여동생은 이미 울고 있었다.

영업부장은 여자들 앞에서 친절한 사람이라서 여동생이라면 그의 마음을 돌려놓을 수 있었을 텐데. 그 애라면 현관문을 닫고 응접실에서 영업부장을 설득시켜 그의 공포심을 해소시켰을 텐데. 그렇지만 지금 여동생이 여기에 없으니 그레고르 자신이 행동해야 했다. 그래서 그레고르는 현재 얼마나 움직일 수 있는지에 대한 자기의 능력을 전혀 모르고 있다는 사실도 생각하지 않고, 또한 자기의 말이 아마도, 아니 분명히 다른 사람들에게 제대로 이해되지 못한다는 사실도 생각하지 않은 채, 문짝에서 몸을 떼어 열린 문 사이를 통해 거실 안으로 떠밀리듯 기어 나왔다. 그레고르는 영업부장 쪽으로 가려고 했다. 영업부장은 이미 현관을 나와 그 앞의 난간을 우스꽝스럽게 두 손으로 꽉 붙잡고 있었다. 그러나 그레고르는 뭔가 붙잡을 곳을 찾다가 작은 비명을 지르면서 자신의 수많은 다리들을 깔고 넘어져 버렸다. 이렇게 되자마자 그레고르는 그날 아침 처음으로 육체적인 편안함을 느꼈다. 작은 다리들은 이제야 꼿꼿하게 마룻바닥을 딛고 있었다. 그리고 기쁘게도 그 다리들은 완전히 그레고르의 뜻대로 움직였다. 심지어 다리들은 그레고르가 가고자 하는 쪽으로 그를 운반해 가려고 애썼다. 그래서 그는 조금만 있으면 그동안의 모든 고통으로부터 마침내 건강이 회복되리라고 생각했다. 그러나 그가 어머니로부터 별로 떨어지지 않은 곳에서, 움직임을 멈추느라 몸을 흔들거리며 어머니를 마주보며 바닥에 엎드리고 있었는데, 바로 그때 실신한 것처럼 보였던 어머니가 별안간 벌떡 일어나 두 팔을 내뻗고 손가락을 쫙 편 채 소리를 질렀다.

"사람 살려요! 제발 사람 살려요!"

어머니는 그레고르를 더 잘 보려는 듯 고개를 숙였으나, 그를

쳐다보기는커녕 정신없이 뒤로 마구 달아났다. 그녀는 아침 식
사를 차려놓은 식탁이 뒤에 있다는 것도 잊어버리고, 식탁 곁에
이르자 얼빠진 듯이 얼른 그 위에 올라앉았다. 그 때문에 그녀는
자기 옆에 엎어진 커다란 커피포트에서 커피가 양탄자 위로 줄
줄 흘러내리고 있다는 것도 전혀 모르고 있는 것 같았다.

"어머니, 어머니."

그레고르는 나지막하게 부르며 어머니를 올려다보았다. 잠시
동안 영업부장에 대한 생각은 그의 머리에서 완전히 없어졌다.
반면에 흘러내리는 커피를 본 순간, 그는 몇 번이나 턱을 벌리
고 허공을 향해 핥아먹고 싶은 충동을 느꼈다. 그 광경을 본 어
머니는 새삼스레 비명을 지르며 식탁에서 도망치듯 달아나 그
녀를 향해 마주 달려오던 아버지의 품 안으로 쓰러졌다. 그러
나 이제 그레고르는 부모님을 생각할 시간이 없었다. 영업부장
이 벌써 계단 위에 가 있었기 때문이다. 영업부장은 턱을 난간
에 대고 마지막으로 뒤를 돌아다보았다. 그레고르는 될 수 있는
한 그를 확실히 붙잡아 보려고 시도했다. 하지만 영업부장에게
도 어떤 예감이 있었던 것 같았다. 그는 한 번에 몇 계단씩 뛰어
내려가더니 이내 사라져 버렸다. "어이구!" 하고 그가 또 한 번
소리를 질렀는데, 그 소리가 계단 밑에서 위까지 울렸다. 유감
스럽게도 영업부장이 도망치자 지금까지 비교적 침착했던 아버
지가 완전히 혼란에 빠진 듯했다. 아버지는 몸소 영업부장을 붙
잡으러 뒤쫓아 가거나, 그렇지 않으면 적어도 영업부장을 뒤쫓
는 그레고르를 방해하지는 말아야 할 텐데, 그러기는커녕 아버
지는 오른손으로는 영업부장이 모자와 외투와 함께 안락의자에
놓고 간 지팡이를 움켜쥐고, 왼손으로는 식탁 위의 커다란 신

문지를 집어 들고는 발을 쿵쿵 구르면서 지팡이와 신문을 휘두르며 그레고르를 제 방으로 몰아넣으려고 하는 것이었다. 그레고르가 아무리 애원해도 소용이 없었고, 애원하는 그의 말을 이해하지도 못했다. 아무리 공손하게 고개를 숙이고 부탁해도 아버지는 더 힘껏 발을 굴러댈 뿐이었다. 아버지 뒤쪽에서는 추운 날씨에도 불구하고 어머니가 창문을 열어놓고 그 밖으로 몸을 내밀고는 두 손으로 얼굴을 감싸고 있었다. 골목과 계단실 사이에서 씽 하고 세찬 바람이 일더니 펄럭펄럭 커튼이 나부꼈으며, 식탁 위의 신문들도 바스락거리더니 한 장 한 장 방바닥 위로 흩날려 떨어졌다. 아버지는 그레고르를 무자비하게 몰아넣으며 '쉿쉿' 소리를 냈다. 마치 야만인 같았다. 그러나 그레고르는 아직 뒷걸음질 치는 연습을 하지 않았기 때문에 사실 매우 천천히 움직였다. 그레고르는 몸을 돌릴 수만 있었더라면 금방 자기 방으로 돌아갈 수 있었을 것이다. 그러나 그는 몸을 돌리는 데 시간이 걸려서 아버지를 신경질 나게 할까 봐 두려웠고, 또 매 순간 아버지가 손에 든 지팡이로 그의 등이나 머리에 치명적인 타격을 가할지도 몰라 불안해하고 있었다. 그러나 결국 그레고르는 방향을 돌리지 않으면 안 되었다. 왜냐하면 뒷걸음질할 때에는 방향조차 제대로 잡을 수 없다는 것을 깨닫고 두려웠기 때문이다. 그래서 아버지 쪽을 끊임없이 불안스럽게 곁눈질하면서 되도록 빨리 몸을 돌리려고 했지만, 실제로는 매우 천천히 몸을 돌리기 시작했다. 아마도 아버지는 그의 선의를 알아차린 것 같았다. 그레고르를 방해하지 않고 오히려 멀리서 지팡이 끝으로 그의 회전 동작을 이리저리 지휘하기까지 했기 때문이다. 다만 듣기 싫은 아버지의 저 '쉿쉿' 하는 소리만 없으면 좋으련만! 그레고르는 그 소리 때문에 완전히 정신을 잃을 지경이었다. 이제 그가 거의 몸을 다 돌렸을 때 아버지의 저 '쉿쉿' 소리 때문에 혼동을 해서 다시 몸이 약간 거꾸로 돌아가고 말았다. 천신만고 끝에 다행히도 문이 열린 곳으로 머리가 닿게 되었으나 그대로 문을 통과하기에는 그의 몸통이 너무 넓적하다는 것을 깨달았다. 당연히 현재 기분으로선 아버지가 그레고르에게 충분한 통로를 마련해 주려고 닫혀 있는 다른 쪽 문짝을 열어주려 한다는 것은 전혀 있을 수 없는 일이었다. 아버지에게는 오직 그레고르가 되도록 빨리 그의 방으로 들어가야 한다는 한 가지 고정된 생각뿐이었다. 그레고르가 몸을 일으켜서 아마 일어선 자세로 문을 통과하려면 번거로운 사전 준비가 필요할 텐데, 아버지는 그러한 준비 절차도 결코 허용하지 않을 것이었다. 오히려 아버지는 아무런 장애도 없다는 듯이 더욱 특이한 소리를 질러대며 그레고르를 앞으로 내몰았다. 이제 그레고르 뒤에서 나는 소리는 더 이상 이 세상에 단 한 분밖에 없는 아버지의 목소리가 아니었다. 사실 이쯤 되면 장난이라고는 생각할 수 없었다. 그래서 그레고르는 '에이, 될 대로 되라'는 식으로 문간으로 돌진했다. 몸 한쪽이 위로 치켜 들려졌고, 몸통 전체가 문간에 비스듬히 끼어버렸다. 그의 한쪽 옆구리가 심한 찰과상을 입었고, 하얀 문에 지저분한 얼룩이 남았다. 곧 몸이 꽉 끼어들어서 더 이상 혼자서는 몸을 움직일 수 없을 지경이었다. 한쪽 다리들은 허공에서 바르르 떨고 있었으며, 다른 쪽 다리들은 방바닥에 짓눌려져 몹시 고통스러웠다. 그때 아버지가 뒤에서 그를 힘껏 밀쳐서 이제야말로 그를 구원해 주었다. 그는 피투성이가 된 채 휙 날아서 방 안으로 들어갔다. 아버지는 가지고 있던 지팡이로 문을 쾅 닫혔고, 마침내 주위는 조용해졌다.


II

어스름한 저녁 무렵에서야 그레고르는 혼수상태와 같은 무거운 잠에서 깨어났다. 충분히 쉬었고 푹 잠을 잤다고 느꼈기 때문에, 잠을 방해하는 소리가 없었더라도 더 이상 자지는 못했을 것이다. 그는 빠르게 지나가는 발걸음 소리와 응접실로 통하는 문을 조심스럽게 닫는 소리에 잠이 깬 듯했다. 거리의 전등 불빛이 방의 천장과 가구의 윗부분을 여기저기 흐릿하게 비추고 있었지만, 그레고르가 누워 있는 아래쪽은 어두웠다. 이제야 그는 가치를 제대로 알게 된 더듬이로 아직은 서툴게나마 더듬으면서 문쪽으로 천천히 떠밀리듯 다가갔다. 바깥에 무슨 일이 벌어졌는가를 알아보기 위해서였다. 왼쪽 옆구리엔 어딘지 불쾌하게 당기는 듯한 기다란 상처가 나 있는 것 같았다. 그래서 두 줄의 다리들로 번갈아 절뚝거리며 나아가야 했다. 게다가 작은 다리 하나는 오전의 사건 때 심하게 다쳐서—다리 하나만 부상당했다는 것은 거의 기적과도 같았다—축 처진 채 질질 끌려갔다.

문가에 이르러서야 그는 정작 무엇이 자기를 그곳으로 유인했는가를 알았다. 그것은 음식물 냄새였다. 거기에는 달콤한 우유가 담긴 대접이 놓여 있었고, 그 안에 조그맣게 자른 흰 빵 조각들이 둥둥 떠 있었다. 너무 기뻐서 그는 하마터면 웃을 뻔했다. 아침때보다 훨씬 더 배가 고팠기 때문이었다. 그래서 그는 생각할 겨를도 없이 거의 눈 위까지 잠길 정도로 머리를 우유 속에 처박았다. 그러나 곧 그는 실망하고 머리를 빼냈다. 왼쪽 옆구리가 불편해서 먹기가 힘들기도 했지만—몸 전체를 헐떡거리며 움직인다면 겨우 먹을 수는 있었다—우유가 도통 맛이 없는 탓이기도 했다. 우유야말로 그가 평소에 좋아하던 음료라서, 여동생이 그를 위해 들여놓았음이 분명했다. 그는 역겨운 느낌이 들어 대접을 외면한 채 몸을 돌려 방 한가운데로 기어 돌아왔다.

그레고르가 문틈으로 들여다보니 거실에는 가스등이 켜져 있었다. 보통 때 같으면 이 시간에 아버지가 석간신문을 어머니에게, 때로는 여동생에게도 소리 높여 읽어주곤 했는데, 지금은 아무 소리도 들리지 않았다. 여동생이 항상 그에게 얘기해 주고 편지에도 적어 보냈던 그 신문 낭독이 최근에는 지켜지지 않는 모양이었다. 분명 집 안이 비어 있지 않았음에도 불구하고 주위는 쥐 죽은 듯이 고요했다. "이렇게도 조용한 생활을 하는 가정이 있다니!" 하고 그레고르는 혼잣말을 했다. 그는 어둠 속을 응시하면서, 자기가 이렇게 좋은 집에서 부모님과 여동생이 생활해 나가도록 뒷받침해 왔다는 사실에 커다란 자부심을 느끼고 있었다. 그런데 이제 이 모든 평온과 유복함과 만족스러움이 끔찍스런 종말을 맞게 된다면 어떡하지? 그런 생각에 빠져들지 않기 위해 그레고르는 차라리 몸을 움직이며 방 안을 이리저리 기어 다녔다.

긴 저녁 시간 동안 한 번은 한쪽 옆문이, 또 한 번은 다른 쪽 옆문이 겨우 틈이 생길 만큼 약간 열렸다가 재빨리 닫혔다. 누군가가 방에 들어오고 싶었는데 다시금 망설이는 것 같았다. 그레고르는 거실 문 옆에 바짝 붙어 서서 그 주저하는 방문객을 어떻게든 들어오게 하거나, 아니면 적어도 그 사람이 누구인지 알아내려고 결심했다. 그러나 문은 더 이상 열리지 않았고, 그레고르는 헛되이 기다린 셈이 되었다. 아침에 문이 잠겨 있을 때는 모두들 그에게로 들어오려고 하더니, 문이 모두 열려 있는 지금은 아무도 그의 방에 들어오려 하지 않았다. 한쪽 문은 아침에 그가 열었고, 다른 쪽 문들은 낮에 누군가가 열어놓은 것이 분명했다. 그리고 이젠 열쇠들도 바깥쪽에 꽂혀 있었다.

밤이 늦어서야 거실의 불이 꺼졌다. 부모님과 여동생이 그때까지 자지 않고 있었던 것이 분명했다. 세 사람 모두가 까치발을 하고 조심조심 멀어져 가는 소리가 똑똑히 들렸기 때문이었다. 이제 분명 아침까지는 아무도 그레고르의 방에 들어오지 않을 것이다. 그래서 그는 자기 생활을 이제부터 어떻게 정리해야 할 것인지 곰곰이 생각할 시간을 충분히 갖게 되었다. 그러나 그가 어쩔 수 없이 방바닥에 납작 엎드려 있어야만 하는 이 높고 텅 빈 방이 그를 불안하게 만들었다. 원인은 알 수 없었다. 이 방은 5년 동안이나 살아온 자신의 방이 아니던가? 그는 반쯤 무의식적으로 몸을 돌리고 급히 소파 밑으로 기어 들어갔지만, 가벼운 수치심을 금할 수 없었다. 소파 밑에서는 등이 약간 눌리고 머리를 쳐들 수가 없었지만, 그래도 금방 마음이 편안해졌다. 다만 몸집이 너무 커서 소파 밑으로 완전히 들어갈 수 없는 것이 유감스러울 뿐이었다.

그레고르는 소파 밑에서 때로는 비몽사몽간에 있다가 배가 고파서 몇 번씩 깜짝 놀라 깨기도 했고, 또 때로는 걱정과 막연한 희망을 가지며 온밤을 지새웠다. 하지만 그로부터 얻은 결론은 그가 우선은 침착하게 처신해야 한다는 점이었고, 또 자신의 현재 상태 때문에 어쩔 수 없이 일어나게 되는 불쾌한 일들을 인내심과 최대한의 배려를 통해 가족들이 참아낼 수 있도록 해주어야 한다는 것이었다.

아직 밤이나 다름없는 새벽녘에 그레고르는 방금 결심한 것의 효력을 시험해 볼 기회를 갖게 되었다. 옷을 거의 다 차려입은 여동생이 거실 쪽에서 다가와 문을 열고는 긴장된 표정으로 들여다보았기 때문이다. 그녀는 그를 금방 찾아내진 못했지만, 그가 소파 밑에 있는 것을 알아차렸을 때—글쎄, 분명 어딘가에 있을 텐데. 어디론가 날아가 버렸을 리야 없겠지—너무나 놀란 나머지 자제력을 잃고 밖에서 문을 다시 쾅 닫아버렸다. 그러나 자신의 행동을 후회하는 듯이 다시 문을 열더니 마치 중환자나 낯선 사람 곁으로 다가오는 것처럼 까치발로 살금살금 들어왔다. 그레고르는 소파의 가장자리까지 고개를 내밀고 그녀를 쳐다보았다. 그가 우유를 마시지 않고 그대로 내버려둔 것을 동생이 혹시 알아차릴까? 배가 고프지 않아서가 아니라는 것까지도? 그의 입맛에 더 잘 맞는 다른 음식을 가져다줄까? 만약 그녀가 자진해서 그렇게 해주지 않는다면, 그녀에게 그것을 주지시키느니 차라리 굶어 죽고 싶었다. 그렇지만 사실은 소파 밑에서 뛰쳐나와 여동생 발밑에 몸을 던지며 무엇이든 먹기에 좋은 음식을 가져다 달라고 빌고 싶은 마음이 간절했다. 그러나 여동생은 우유가 주변에 조금 흘러 있을 뿐 아직도 대접에 가득히 있는 것을 보더니 의아스런 표정을 지으며 곧 그 대접을 집어 들었다. 맨손이 아니라 걸레로 싸서 밖으로 가지고 나가는 것이었다. 그레고르는 그녀가 그것 대신에 무엇을 가져올지 너무도 궁금해서 별별 생각을 다 해보았다. 하지만 마음씨 착한 여동생이 실제로 무엇을 가져다줄는지 그는 도저히 알아맞힐 수가 없었다. 여동생은 그의 입맛을 시험해 보기 위해 여러 가지 음식을 골라 와서 그것을 헌 신문지 위에다 쫙 늘어놓았다. 반쯤 썩은 오래된 야채가 있었고 저녁 식사 때 먹다 남은 뼈다귀도 있었는데, 거기엔 굳어진 흰 소스가 말라붙어 있었다. 건포도와 아몬드 몇 개도 있었고, 이틀 전에 그레고르가 도저히 먹을 수 없다고 했던 치즈 조각, 버터 바르지 않은 빵, 버터 바른 빵, 버터를 바르고 소금을 뿌린 빵도 있었다. 이 밖에 그녀는 아마 그레고르 전용으로 정해놓은 듯한 대접도 놓아두었는데, 그 안에는 물이 들어 있었다. 그리고 자기 앞에서는 그레고르가 아무것도 먹지 않으리라는 것을 알고 세심하고 동정 어린 배려에서 급히 방에서 나갔으며, 심지어 열쇠를 돌려 문까지 잠가주었다. 그레고르더러 마음 편히 실컷 먹어도 된다는 것을 알아차릴 수 있도록 한 것이었다. 이제 음식을 먹으러 간다는 생각에 그레고르의 다리들은 부르르 떨며 윙윙거렸다. 더욱이 그의 상처도 벌써 다 나았음이 분명했다. 아무런 장애도 느끼지 않았던 것이다. 이 점에 대해 그레고르는 몹시 놀랐다. 한 달도 더 전에 칼에 손가락을 약간 베었는데 그 상처가 그저께까지만 해도 꽤 아팠던 게 생각났다. '이젠 내가 덜 민감해진 모양이지?'라고 그는 생각하면서, 어느 틈에 치즈를 게걸스레 빨아먹었다. 치즈는 어떤 다른 음식들보다도 즉각적으로 그리고 강하게 그의 마음을 사로잡았다. 그는 만족스러운 나머지 눈물까지 흘려가며 치즈와 야채와 소스를 차례로 허겁지겁 먹어치웠다. 그에 반해 신선한 음식들은 맛이 없었다. 신선한 음식은 냄새조차 참을 수 없어서 그는 자기가 먹고 싶은 것들을 약간 옆으로 끌어다 놓기까지 했다. 그가 음식들을 다 먹어치우고 그 자리에 아무렇게나 누워 있을 때 여동생은 그에게 물러가라는 신호를 주려고 천천히 열쇠를 돌렸다. 이미 거의 잠이 들 뻔했음에도 불구하고, 그는 그 소리에 깜짝 놀라 다시 소파 밑으로 부랴부랴 기어들어 갔다. 여동생이 방 안에 있는 동안의 그 짧은 시간에도 소파 밑에 들어가 있기 위해선 상당한 극기의 노력이 필요했다. 왜냐하면 음식을 많이 먹어서 몸집이 약간 뚱뚱해지는 바람에 그 비좁은 소파 밑에서 제대로 숨을 쉴 수 없었기 때문이다. 과식으로 인한 가벼운 발작 증세를 겪으면서도 그는 약간 튀어나온 눈으로 아무것도 모르는 여동생의 거동을 지켜보았다. 그녀는 먹다 남은 것뿐만 아니라 그레고르가 전혀 건드리지도 않은 음식까지도 이젠 더 이상 쓸모가 없게 되었다는 듯 전부 빗자루로 쓸어 모았다. 그러고는 이것을 재빨리 어떤 통에 붓고는 나무 뚜껑을 덮어 밖으로 가지고 나갔다. 그녀가 돌아서자마자 그레고르는 소파에서 기어 나와 기지개를 켜듯 몸을 쭉 펴고 숨을 쉬었다.

이제 그레고르는 매일 이런 식으로 음식을 받았다. 첫 번째는 아침에 부모님과 하녀가 아직 잠들어 있는 시간에 받았고, 두 번째는 모두가 점심 식사를 하고 난 뒤에 받았다. 점심을 먹고 나면 부모님은 대개 잠깐 낮잠을 잤고, 하녀는 여동생이 이런저런 심부름을 시켜 밖으로 내보냈기 때문이다. 분명 부모님은 그레고르가 굶어 죽는 것을 바라지는 않았지만, 그의 식사에 대해서는 여동생의 얘기를 들어 아는 것 이상은 알고 싶어 하지 않았던 것 같다. 아마 여동생도 사실 그들이 이미 충분한 고통을 겪고 있기 때문에 아무리 사소한 슬픔이라도 가능한 한 덜어드리고 싶은 것 같았다.

저 첫날 오전에 무슨 핑계를 대서 의사와 열쇠 수리공을 집 밖으로 다시 돌려보냈는지 그레고르로서는 전혀 알 수가 없었다. 왜냐하면 아무도 그가 하는 말을 알아듣지 못해서, 어느 누구도, 여동생까지도, 그가 다른 사람들이 하는 말을 알아들을 수 있으리라고는 생각하지 못했기 때문이다. 그래서 그는 여동생이 자기 방에 들어와 있을 때면 그녀가 때때로 한숨을 내쉬거나 성자들을 부르는 소리를 듣는 것으로 만족해야만 했다. 얼마 뒤 여동생이 모든 것에 어느 정도 익숙해지고 난 뒤에야 비로소—물론 완전히 익숙해진다는 것은 결코 있을 수 없는 일이었지만—그레고르는 친절한 의도였거나 혹은 그렇게 해석될 수 있는 짤막한 말을 이따금 들을 수 있었다. "오늘은 아주 맛이 있었나 봐." 그레고르가 음식을 남김없이 먹어치웠을 때면 그렇게 말했다. 반면 그 반대의 경우에는 "또 그대로 다 남겼네." 하고 거의 애처롭게 말하곤 했다. 그런데 그 후자의 경우가 점점 더 빈번하게 되풀이되기 시작했다.

그레고르는 새로운 소식을 직접적으로 들을 수 없었지만, 옆방에서 흘러나오는 이런저런 이야기를 엿듣기는 했다. 그래서 일단 말소리가 들리면 즉시 소리가 나는 쪽 방문으로 달려가 온몸을 거기에 바짝 붙였다. 특히 처음 며칠 동안에는, 은밀한 얘기이긴 했지만, 그와 관계되지 않은 얘기는 없었다. 이틀간은 식사 때마다 앞으로 어떻게 행동하는 게 좋을지에 대해 의논하는 것을 들을 수 있었다. 그리고 식사 시간이 아닌 때에도 그들은 똑같은 주제에 대해서 얘기를 나누었다. 그들 중 아무도 혼자 집에 남아 있으려고 하지 않았고, 또 집을 비워두고 모두가 나갈 수도 없는 까닭에 가족 중 적어도 두 사람은 항상 집 안에 남아 있었다. 그리고 하녀는 바로 그 첫날—그녀가 그레고르의 일에 대해서 무엇을 얼마나 알고 있는지는 분명하지가 않았다—자기를 당장 내보내 달라고 어머니에게 무릎 꿇고 애원했다. 그런 지 15분 뒤에 작별 인사를 하면서 그녀는 자신을 그만두게 해준 것이 이 집에서 베푼 최대의 호의인 것처럼 눈물을 흘리면서 감사해했고, 또 그녀에게 아무도 요구하지 않았는데도 이번 일에 대해서는 조금이라도 다른 사람에게 절대 말하지 않겠노라고 굳게 맹세했다.

이제는 여동생이 어머니와 함께 부엌일도 해야 했다. 그러나 가족들 모두가 거의 먹지를 않았기 때문에 그것이 별로 힘든 일은 아니었다. 그레고르는 그들이 서로 괜히 식사를 권하는 소리라든가, "괜찮아, 많이 먹었어"라는 말이나 그와 비슷한 대답만 주고받는 소리를 거듭 듣곤 했다. 뭘 마시지도 않는 것 같았다. 때때로 여동생은 아버지에게 맥주를 드시겠느냐고, 자기가 기꺼이 가서 사오겠다고 물었다. 아버지가 대답을 하지 않을 때면, 그녀는 아버지가 부담감을 가지지 않게 하려고 건물 관리인 아줌마를 심부름시킬 수 있다고 말했지만 아버지는 결국 큰 소리로 "됐다!"라고 딱 한 마디의 말만 던질 뿐이었다. 그러면 맥주 이야기는 그것으로 끝이었다.

사건이 일어난 첫날에 이미 아버지는 집안의 전반적인 재정 상태와 앞으로의 전망을 어머니와 여동생에게 설명했다. 때때로 그는 식탁에서 일어나, 5년 전 그의 사업이 망했을 때 용케 건져낸 조그만 비밀 금고에서 이런저런 증서나 장부를 꺼내왔다. 아버지가 복잡하게 생긴 자물쇠를 열고는 찾으려는 물건을 꺼낸 뒤 다시 잠그는 소리가 들렸다. 아버지가 설명한 얘기 중 어떤 것은 그레고르가 자신의 방에 갇히게 된 이후 듣게 된 최초의 기쁜 소식이었다. 지금까지 그는 아버지가 예전 사업에서 한 푼도 건지지 못했다고 생각했다. 적어도 아버지는 그에게 그런 생각과 반대되는 상황을 말한 적이 없었고, 그레고르 역시 그런 것에 관해 물어본 적도 없었다. 당시 그레고르의 걱정거리는 온 가족을 완전한 절망 속에 빠뜨린 그 사업 실패에 대해 식구들이 되도록 빨리 잊어버릴 수 있도록 전력을 다하는 것이었다. 그래서 그는 당시 아주 특별한 열정으로 일하기 시작했고, 거의 하룻밤 사이에 말단 점원에서 출장 영업사원이 되었다. 출장 영업사원은 다른 방법으로 돈벌이할 가능성이 있어서, 일에 성공하기만 하면 그 즉시 중개료 형식으로 현금이 수중에 들어왔던 것이다. 이 돈을 식탁 위에 올려놓으면 식구들은 놀라서 입을 쩍 벌리며 행복해했다. 정말 좋은 시절이었다. 나중에 그레고르는 가족 모두의 생활비를 감당할 수 있을 정도로, 또 실제로 그렇게 했을 정도로 돈을 많이 벌었음에도 불구하고 그 후로 그런 시절은, 적어도 그렇게 화려한 시절은 다시 오지 않았다. 식구들이나 그레고르나 다들 그것에 익숙해져 갔다. 식구들은 고맙게 돈을 받았고 그는 기꺼이 돈을 내놓았지만 특별한 온정 같은 것은 더 이상 생겨나지 않았다. 단지 여동생만이 그래도 아직 그레고르와 가까운 사이였다. 그는 자신과는 달리 음악을 사랑하고 바이올린을 멋지게 연주할 줄 아는 여동생을 내년에 음악 학교에 보내려고 은밀히 계획하고 있었다. 그렇게 하려면 엄청난 비용이 들겠지만 그것은 생각하지 않기로 했다. 분명 다른 방법으로 마련할 수 있을 거라고 생각했다. 그레고르가 잠깐 집에 와 있을 때면 가끔 여동생과의 대화에서 음악 학교가 언급되곤 했지만, 그것은 언제나 실현될 수 없는 아름다운 꿈으로만 여겨졌다. 부모님은 이런 철없는 이야기를 듣기조차 싫어했다. 그러나 그레고르는 그 일에 대한 생각이 확고했으며, 그 일을 크리스마스 저녁에 엄숙하게 발표할 작정이었다.

현재 상황으로는 전혀 쓸데없는 그 같은 생각들이 머릿속을 스쳐 지나가고 있었지만, 그래도 그는 문에 똑바로 기대서서 귀를 기울이고 있었다. 때때로 전반적인 피곤함으로 더 이상 엿들을 수 없게 되어 자신도 모르게 머리를 문에 부딪쳤지만 얼른 다시 똑바로 들었다. 왜냐하면 그것으로 생긴 작은 소음조차 옆방까지 들려서 모두의 입을 다물게 했기 때문이다. "애가 또 뭘 하는 모양이군." 하고 아버지가 잠시 뒤에 말했는데, 틀림없이 문 쪽을 향해 던지는 말이었다. 그러고 나서야 중단되었던 대화가 서서히 다시 시작되었다.

그레고르는 이제 충분히 그들의 대화를 엿들어 알게 되었다. 왜냐하면 아버지가 설명을 되풀이하곤 했기 때문인데, 그것은 한편으론 아버지 자신이 그런 일을 오랫동안 다루지 않은 탓이기도 했고, 또 한편으론 어머니가 무슨 말이든 한 번에 금방 알아듣지 못하는 탓이기도 했다. 온갖 불행에도 불구하고 얼마 안 될지라도 과거의 재산이 아직 남아 있었고, 그동안 불어난 이자를 하나도 손대지 않아 재산이 얼마간 불어났다는 사실을 알게 되었던 것이다. 게다가 그레고르가 매달 집으로 가져온 돈도—그는 자신을 위해서는 몇 굴덴¹밖에 쓰지 않았다—다 써버리지 않고 모아두어서 이제는 소자본이 될 정도였다. 그레고르는 문 뒤에서 열심히 고개를 끄덕이며 예기치 않았던 이러한 조심성과 절약 정신에 대해 기뻐했다. 사실은 이 여분의 돈으로 아버지가 사장에게 진 빚을 갚아버릴 수도 있었을 것이고, 그러면 그가 이 직장을 그만둘 수 있는 날도 훨씬 빨리 왔을지도 모른다. 그러나 지금 이런 상태가 되고 보니 돈 문제에 관한 한 아버지가 취한 이런 처사가 훨씬 더 나았다는 것은 의심의 여지가 없었다.

그러나 그 돈은 가령 이자로 가족이 살아갈 수 있을 정도의 충분한 액수는 결코 아니었다. 그 돈은 아마도 1년, 기껏해야 2년 정도 가족의 생계를 유지할 만한 돈이지 그 이상은 아니었다. 그러니까 그 돈은 사실 손을 대서는 안 되며, 만일의 경우를 대비해 비상금으로 남겨 두어야 하는 돈이었다. 그래서 생활비는 무조건 벌어야만 했다. 아버지는 아직 건강하긴 하지만 나이 든 노인이었다. 벌써 5년째 아무 일도 하지 않았으며, 아버지로서도 그리 능력이 있지 않았다. 뼈 빠지게 일하면서도 성공과는 거리가 멀었던 인생에서 처음으로 휴식하게 된 지난 5년 동안 아버지는 살이 많이 쪄서 움직이기가 힘들 정도였다. 그러면 어머니가 돈벌이를 해야 한단 말인가? 어머니는 천식을 앓고 있어서 집 안을 약간만 돌아다녀도 힘들어하는 데다가, 이틀마다 한 번씩 호흡장애로 창문을 열어둔 채 소파에 누워 지내는 신세였다. 그러면 열일곱의 나이에 아직 어린애나 다름없는 여동생이 돈벌이를 해야 한단 말인가? 지금까지 여동생의 생활 방식이란 옷이나 멋지게 입고, 늦잠을 자고, 집안일이나 도와주고, 소박한 유흥에 몇 번 참석하고, 무엇보다 바이올린이나 연주하는 것이 전부였다. 돈벌이의 필요성이 화제에 오르면 항상 그레고르는 문에서 떨어져 나와 문가에 놓인 차가운 가죽 소파 위에 몸을 던졌다. 부끄러움과 슬픔으로 인해 몸이 달아올랐기 때문이었다.

1  14~19세기의 독일 금화 및 은화. 네덜란드의 금이라는 뜻의 'Golden'에서 유래했으며 1굴덴은 100센트이다.

때때로 그는 밤새도록 거기에 누워서 한숨도 자지 않고 몇 시간 동안이나 소파의 가죽을 긁어댔다. 아니면 있는 힘을 다해 안락의자를 창가로 밀고 가서는 창턱에 기어올라 몸을 안락의자에 의지한 채 창문에 기댔다. 그때 그는 분명 예전에 창밖을 내다보면서 느꼈던 해방감 같은 것에 대한 어떤 기억을 떠올렸다. 왜냐하면 실제로 날이 갈수록 얼마 떨어져 있지 않은 물건들마저 점점 더 희미해지고 있기 때문이었다. 전에는 너무 자주 보아서 저주해마지 않던 맞은편의 병원 건물도 이제는 전혀 시야에 들어오지 않았다. 만약 자신이, 고요하긴 해도 완전히 도회풍의 이 샤를로텐 가街에 살고 있다는 사실을 정확히 알고 있지 않았더라면, 그는 자기가 창밖으로 내다보고 있는 풍경이 잿빛 하늘과 잿빛 대지가 분간되지 않은 채 하나로 합쳐져 있는 황야의 풍경이라고 생각했을지도 몰랐다. 세심한 여동생은 안락의자가 창가에 놓여 있는 것을 딱 두 번 보았을 뿐인데도 그 이후부터는 방을 청소한 다음엔 그것을 꼭 다시 창가로 밀어다 놓았다. 심지어 이제부터는 창문 안쪽의 덧문까지도 열어놓는 것이었다.

만약 그레고르가 여동생과 이야기를 나누고 여동생이 자기에게 해주는 일에 대해서 고맙다는 말을 할 수 있었다면, 여동생의 봉사를 좀 더 가벼운 마음으로 견뎌냈을 것이다. 그러나 그렇지 못했기 때문에 그는 괴로웠다. 물론 여동생은 고통스러운 전체 상황을 가능한 한 지워버리고자 애썼으며, 시간이 지날수록 그녀는 당연히 점점 더 잘해 나갔다. 또한 그레고르도 시간이 지남에 따라 모든 것을 훨씬 더 정확하게 관찰할 수 있게 되었다. 여동생이 방 안에 들어서기만 해도 그는 덜컥 겁이 났다. 전에는 누구에게도 그레고르의 방을 보이지 않으려고 무척 신경을 쓰던 여동생이 이제는 방에 들어서면 방문을 닫을 틈도 없이 곧장 창가로 달려가 마치 질식할 것 같다는 듯이 황급히 두 손으로 창을 열어젖히고는, 아무리 추운 날씨라 할지라도 잠시 창가에 서서 심호흡을 하는 것이었다. 그녀는 하루에 두 번씩 이런 어수선함과 소음으로 그레고르를 놀라게 했다. 그렇게 하는 동안 그는 내내 소파 밑에서 떨고 있었고, 그녀가 그레고르가 있는 방에서 창문을 닫은 채로 있을 수만 있었다면 분명 그런 일로 자신을 괴롭히지 않았을 것이라는 사실을 잘 알고 있었다.

그레고르가 변신한 지 이미 한 달쯤 지나자 여동생은 이제 그레고르의 모습을 보아도 별로 놀랄 만한 이유가 없게 되었다 그 무렵 어느 날, 보통 때보다 조금 일찍 들어오는 바람에 여동생은 그레고르가 창밖을 내다보고 있는 장면을 그만 목격하게 되었다. 그는 꼼짝도 하지 않은 채, 또 누가 봐도 경악을 금치 못할 자세를 취하며 창밖을 내다보고 있었다. 만약 그녀가 방 안으로 들어오지 않았다 해도 그것이 뜻밖의 일이라고 생각하지는 않았을 것이다. 왜냐하면 그가 창가에 서 있어서 그녀가 즉시 창문을 여는 데 방해가 되었기 때문이다. 하지만 그녀는 방 안으로 들어오지 않는 정도가 아니라 획 뒤로 물러나더니 문을 닫아버렸다. 사정을 모르는 사람이라면 그레고르가 잠복하며 기다리고 있다가 여동생을 물어뜯으려 했다고 생각할 수도 있었을 것이다. 물론 그레고르는 재빨리 소파 밑으로 몸을 숨겼다. 하지만 여동생은 그날 점심때가 되어서야 다시 왔는데, 보통 때보다 훨씬 더 불안해 보였다. 그는 자신의 모습을 보는 것이 여동생에겐 여전히 견디기 힘든 일이며 앞으로도 그럴 수밖에 없으리라는 사실을 깨달았다. 또 소파 밑으로 튀어나온 자기 몸의 일부만을 보고

도 놀라 도망치지 않기 위해서는 여동생이 스스로를 극복해야
한다는 사실을 깨닫게 되었다. 여동생에게 자신의 이러한 모습
을 보여주지 않기 위해서, 어느 날 그는 침대 시트를 등에 지고
소파 위로 날라다 놓고는—그는 이 일을 하는 데 네 시간이나
소비했다—자기 몸이 완전히 가려져 동생이 몸을 숙이더라도
자기를 볼 수 없도록 했다. 만약 여동생이 이 시트가 필요 없다
고 여긴다면, 여동생 스스로가 그것을 치워버릴 수 있을 것이다.
왜냐하면 자기 몸을 그렇게 완전히 덮어버리는 것이 그레고르에
게 기분 좋은 일이 될 수 없다는 건 너무나 분명했기 때문이다.
그러나 여동생은 시트를 있는 그대로 놓아두었다. 언젠가 한번
은 그레고르가 조심스럽게 머리로 시트를 살짝 들어 올리고 여
동생이 이 새로운 조치를 어떻게 받아들이는지 살펴보았을 때,
여동생이 고마운 눈빛으로 자신을 쳐다보았다고 믿기까지 했다.
　처음 2주일 동안 부모님은 그가 있는 방에 들어올 엄두도 내
지 못했다. 하지만 여동생이 현재 하고 있는 일을 부모님이 완전
히 인정해 준다는 말을 그는 종종 들었다. 사실 지금까지 부모님
은 여동생을 좀 쓸모없는 계집애라고 여겼기 때문에, 여동생에
게 화내는 일이 많았다. 그런데 이제는 여동생이 그레고르의 방
을 청소하는 동안 두 분, 그러니까 아버지와 어머니가 그 앞에서
기다리는 일이 종종 있었다. 그래서 여동생은 그 방에서 나오자
마자 즉시 부모님에게 방 안은 어땠는지, 그레고르가 무엇을 먹
었는지, 이번에는 어떤 행동을 보였는지, 혹시 조금 나아지는 기
미가 있었는지 등을 아주 자세히 얘기해야만 했다. 그것은 그렇
다 치고 어머니는 비교적 가까운 시일 내에 그레고르를 찾아가
고 싶었지만, 아버지와 여동생이 처음에는 그럴싸한 이유를 대

면서 만류했다. 그 이유를 그레고르는 매우 주의 깊게 들었으며 전적으로 옳다고 인정했다. 하지만 나중에는 어머니를 힘으로 만류해야 했다. "제발 그레고르에게 가게 해줘요. 누가 뭐래도 그 앤 불쌍한 내 아들이란 말이에요! 도대체 내가 그 애한테 가야 한다는 것을 왜 이해 못 하는 거예요?" 하고 어머니가 소리쳤을 때, 그레고르는 어머니가 물론 매일 들어올 수야 없지만 일주일에 한 번 정도는 들어오는 게 그래도 좋을 거라고 생각했다. 어머니는 여동생보다 모든 것을 훨씬 더 잘 이해했다. 여동생은 그 용기가 가상하긴 해도 아직 어린애에 불과했고, 어쩌면 이런 어려운 임무도 결국은 어린애다운 경솔한 생각에서 떠맡은 셈이었다.

어머니를 만나보려는 그레고르의 소망은 곧 성취되었다. 낮 동안 그는 부모님을 배려하는 마음에서 창가에 모습을 나타내려고 하지 않았지만, 그렇다고 2, 3제곱미터밖에 안 되는 방바닥을 마냥 기어다닐 수도 없었다. 가만히 누워 지내는 일은 이미 밤 동안에도 힘들었으며, 음식을 먹는 일도 얼마 안 있어 조금의 즐거움도 가져다주지 않았다. 그래서 그는 심심풀이로 벽과 천장을 이리저리 기어다니는 습관을 갖게 되었으며, 특히 천장에 매달려 있기를 좋아했다. 그것은 방바닥에 누워 있는 것과는 전혀 달랐다. 그렇게 하면 숨쉬기가 훨씬 자유로웠고 가벼운 흔들림이 온몸을 관통해 지나갔다. 때로는 그레고르가 천장에서 거의 행복에 가까운 방심 상태에 빠져 있다가 자기도 모르게 다리들을 떼는 바람에 방바닥에 털썩 떨어져 놀라는 일도 있었다. 그런데 이제는, 물론 예전과는 전혀 다르게 자기 몸을 훨씬 더 잘 다스릴 수 있어서 그렇게 높은 데서 떨어져도 다치지 않았다. 여동생은 그레고르가 발견해 낸 이 새로운 놀이를 금방 알아채고—
그는 기어다니면서 곳곳에 끈끈한 점액 자국을 남겼다—그레고
르가 최대한 넓은 공간에서 기어다닐 수 있도록 마음을 썼으며,
여기에 방해가 되는 가구들, 무엇보다 서랍장과 책상을 치우려
는 결심을 했다. 하지만 여동생 혼자서는 할 수 없었다. 감히 아
버지에게 도움을 청할 수도 없었다. 하녀도 분명히 도와주지 않
을 것이었다. 열여섯 살쯤 되는 이 하녀는 먼젓번 하녀가 그만둔
이래로 계속 씩씩하게 버텼지만, 부엌을 항상 차단시켜 놓고 있
다가 특별한 용건으로 부를 때만 문을 열겠다고 미리 양해를 구
해두었기 때문이다. 그래서 여동생은 언젠가 아버지가 없는 사
이에 어머니를 불러올 수밖에 없었다. 어머니는 기뻐서 환호성
을 지르며 그레고르의 방에 다가섰지만, 막상 방문 앞에 서자 입
을 딱 다물었다. 물론 먼저 여동생이 방 안의 모든 것이 제대로
되어 있는지 살펴보고 나서야 어머니를 들여보냈다. 그레고르는
황급히 시트를 뒤집어써서 더 깊고 더 많은 주름이 생겼다. 전
체적인 그 모습은 정말로 우연히 소파 위에 던져 놓은 시트처럼
보였다. 그레고르는 이번만큼은 시트 밑에서 밖을 살짝 엿보는
것을 그만두었다. 이번에는 어머니를 보는 것을 포기한 것이다.
그냥 어머니가 오신 것만으로도 기뻤기 때문이다.

"어서 들어오세요. 오빠는 안 보여요."

여동생이 말했다. 어머니의 손을 잡고 모셔오는 것이 분명했
다. 그레고르는 연약한 두 여자가 그 무거운 낡은 서랍장을 옮기
는 소리를 들었다. 너무 무리할까 걱정하는 어머니의 주의도 개
의치 않고, 여동생이 일의 대부분을 혼자 떠맡은 것 같았다. 일
은 무척 오래 걸렸다. 그렇게 15분가량 지났을 때, 어머니가 서

랍장은 차라리 제자리에 놓아두는 것이 좋겠다고 말했다. 그 첫째 이유는 서랍장이 너무 무거워 아버지가 오시기 전에 일을 다 끝내지 못할 것이며, 또 서랍장을 방 한가운데다 놓아두면 그레고르가 돌아다니는 길을 전부 막아버리게 된다는 것이었다. 둘째 이유는 가구들을 치워놓는다 하더라도 그레고르가 좋아할지 어떨지 확실치 않다는 것이었다. 어머니는 가구들이 전처럼 그대로 있는 게 마음에 든다고 했다. 텅 빈 벽을 바라보니 어머니의 가슴이 미어지는데 그레고르인들 어찌 그런 느낌이 없겠느냐고 말하며, 더구나 그가 방 안의 가구들에 오랫동안 정이 들어서 방 안이 텅 비게 되면 자신이 버림받았다고 느끼게 되리라는 것이었다.

"응, 그렇지 않겠니?"

어머니는 거의 속삭이듯 나지막한 목소리로 말을 끝냈다. 그레고르가 있는 정확한 위치를 모르면서도 그에게 자기 목소리의 울림조차도 들리지 않도록 하기 위해서인 듯했다. 왜냐하면 어머니는 그레고르가 말을 알아듣지 못한다고 확신하고 있었기 때문이다.

"우리가 가구를 모두 치워버리면, 그레고르가 회복된다는 희망을 일체 포기하고 매정하게 그 애를 혼자 내버려두는 것처럼 보이지 않겠니? 내 생각으로는 방 안을 예전과 똑같은 상태로 놓아두는 것이 제일 좋겠구나. 그러면 그레고르가 다시 우리에게 돌아왔을 때 그 앤 모든 것이 예전 그대로라는 것을 알게 될 테고, 그로 인해 그동안의 일을 그만큼 더 쉽게 잊을 수 있도록 말이다."

어머니의 이런 말을 들었을 때 그레고르는 지난 두 달 동안 가족들 사이에서 매일 똑같은 생활을 하며 사람들과 직접적인 대화를 하지 않았던 탓에 자신의 머리가 분명 뒤죽박죽되어 버렸음을 깨달았다. 왜냐하면 자기 방이 텅 비어버리기를 그가 진심으로 갈망할 수 있다는 사실을 달리 설명할 길이 없었기 때문이다. 물려받은 가구로 꾸며진 안락하고 따스한 방을 정말 그는 텅 빈 동굴로 바꿔놓고 싶었을까? 텅 빈 방에서는 물론 아무런 방해도 받지 않고 사방으로 기어다닐 수 있겠지만, 인간으로서의 자신의 과거를 순식간에 깡그리 잊게 되는 것은 아닐까? 이미 지금 그는 자신의 과거를 거의 잊지 않았는가? 다만 오랫동안 듣지 못했던 어머니의 목소리가 그를 뒤흔들어 정신이 들었던 것이다. 아무것도 치워선 안 된다. 모든 것이 제자리에 그대로 있어야 한다. 가구들이 지금 그의 상태에 끼치는 좋은 영향을 그가 마다할 수는 없는 것이다. 그리고 가구들로 인해 무의미하게 기어다니는 동작이 방해를 받았다 하더라도, 그것은 손해가 되는 게 아니라 커다란 이익이 되는 것이다.

그러나 유감스럽게도 여동생의 생각은 달랐다. 여동생은, 물론 그럴 자격이 없는 것은 아니지만, 그레고르의 일을 의논하는 자리에서는 부모와 맞서서 특별한 전문가로 행세하는 데 익숙해져 있었다. 그래서 어머니의 충고는 도리어 여동생에게는 애초에 생각했던 서랍장과 책상만 치울 게 아니라, 꼭 있어야 하는 소파를 제외한 모든 가구를 치우자고 주장하게 만드는 근거가 되었다. 그녀가 그렇게 주장하는 것은 물론 어린애다운 반항심이나 최근에 예기치 않게, 또 어렵게 얻은 자신감 때문만은 아니었다. 여동생은 그레고르가 기어다니기 위해서는 넓은 공간이 필요하지만, 반면에 누가 봐도 알 수 있듯이 가구를 전혀 사용하지 않는다는 것을 실제로도 지켜봐 왔다. 하지만 기회가 있을 때마다 만족을 구하는 그 나이 또래 소녀들의 열광적 성향도 아마 함께 작용했을 것이다. 그러한 성향을 통해 여동생 그레테는 그레고르의 상황을 더욱더 끔찍스럽게 만들고 싶었으며, 또 그렇게 한 후에 그를 위해 지금까지보다 더욱더 많은 일을 해주고 싶은 유혹을 받았던 것이다. 그레고르 혼자서 완전히 텅 빈 벽들을 지배하고 있는 공간에는 그레테 이외의 어느 누구도 감히 들어갈 엄두를 내지 못할 것이기 때문이다.

여동생은 어머니의 충고로 인해 자기의 결심을 굽히려 하지 않았다. 어머니는 이 방 안에 있는 것만으로도 불안해 안절부절 못하는 것 같았으며, 곧 입을 다물고 서랍장을 밖으로 끌어내는 일에 전력을 다해 여동생을 도왔다. 이제 그레고르로서는 부득이한 경우에 서랍장은 없어도 지낼 수 있지만 책상만은 꼭 있어야 했다. 두 여자가 낑낑거리면서 서랍장을 들고 방에서 나가자마자 그레고르는 소파 밑에서 머리를 내밀고 어떻게 하면 자신이 신중하고도 가능한 한 사려 깊게 이 일에 개입할 수 있을지 살펴보았다. 그러나 불행히도 먼저 돌아온 사람은 어머니였다. 그동안 그레테는 옆방에서 서랍장을 끌어안고 혼자서 이리저리 흔들어 움직여 보았지만, 물론 조금도 이동시킬 수 없었다. 어머니는 그레고르의 모습에 익숙해져 있지 않았으므로 만약 그를 보게 되면 병이 날지도 모르는 일이었다. 그래서 그레고르는 깜짝 놀라 급히 뒷걸음질 치며 소파의 다른 쪽 끝까지 갔지만 시트가 앞으로 약간 움직이는 것을 막을 수는 없었다. 그것만으로도 어머니의 주의를 끌기에는 충분했다. 어머니는 잠시 멈칫하더니 조용히 서 있다가 그레테에게로 돌아갔다.

그레고르는 별로 특별한 일이 벌어지는 것은 아니고 가구 몇 개 옮겨지는 것뿐이라고 몇 번이나 혼잣말로 자신을 타일렀다. 하지만 그가 곧 인정하지 않을 수 없었듯이, 두 여자가 그렇게 왔다 갔다 하는 소리, 서로가 조용히 부르는 소리, 가구들이 방바닥에 긁히는 소리 등은 마치 사방에서 밀려드는 커다란 소동처럼 그에게 영향을 끼쳤다. 아무리 머리와 다리들을 잔뜩 움츠리고 몸통을 방바닥에 바짝 눌러놓았다 해도, 그가 이 모든 상황을 오래 견디지는 못할 것임을 스스로에게 실토하지 않을 수 없었다. 어머니와 여동생은 그의 방을 치우고 있었고, 그가 아끼는 것들을 모두 빼앗아 가고 있었다. 실톱이나 다른 연장들이 들어 있는 서랍장은 이미 밖으로 내갔고, 지금은 방바닥에 꽉 박혀 있는 책상마저 들어내려던 참이었다. 그가 상과 대학생, 고등학생, 심지어 초등학생 때까지도 그 앞에 앉아서 숙제를 했던 책상인데 말이다. 이젠 두 여자가 품고 있는 선의를 헤아려볼 시간이 없었다. 게다가 그는 그들의 존재를 거의 잊고 있었다. 그들은 벌써 지쳐서 그저 아무 말 없이 일만 하고 있었기 때문이다. 다만 뚜벅뚜벅 힘겹게 발을 끄는 소리만이 들려올 뿐이었다.

그래서 그는 소파 밑에서 앞으로 불쑥 뛰쳐나와—여자들은 잠시 숨을 돌리기 위해 옆방에서 책상에 몸을 기대고 있었다—이리저리 달려가는 방향을 네 번이나 바꾸었다. 그는 무엇을 맨먼저 구해내야 할지 알 수 없었다. 그때 이미 텅 빈 벽에 걸려 있는, 온통 모피로 몸을 감싼 여자의 그림이 눈에 띄었다. 그는 재빨리 그 위로 기어 올라가 액자 유리 위에 몸을 밀착시켰다. 유리는 그의 몸에 꽉 달라붙어 뜨거운 배를 기분 좋게 해주었다. 적어도 그레고르가 지금 온몸으로 가리고 있는 이 그림만큼은 이제 분명 아무에게도 빼앗기지 않을 것이다. 그는 두 여자가 돌아오는 것을 지켜보기 위해서 머리를 거실 문 쪽으로 돌렸다.

그들은 그리 오래 휴식을 취하지 않고 금세 다시 돌아왔다. 그레테는 어머니를 한쪽 팔로 껴안고 거의 부축하듯이 모시고 왔다.

"그럼, 이젠 뭘 나를까요?"

그레테는 이렇게 말하고 주위를 둘러보았다. 그때 그녀의 시선이 벽에 붙어 있는 그레고르의 시선과 마주쳤다. 어머니가 옆에 계신 탓인지 그녀는 정신을 잃지 않았으며, 어머니가 주위를 둘러보시 못하도록 얼굴을 어머니 쪽으로 숙이며 말했다. 물론 떨리는 목소리였고 아무 생각 없이 내뱉는 말이었다.

"가요, 엄마. 잠깐 거실로 가는 게 좋겠어요."

그레고르가 보기에 그레테의 의도는 명백했다. 어머니를 안전한 곳에 모셔다 놓은 다음 그를 벽에서 내려오게 할 작정인 것이다. 그래, 어쨌든 그녀는 시도할 수 있으리라! 어디 한번 해보라지! 그는 그 위에 달라붙은 채 깔고 앉은 그림을 내주지 않았다. 그림을 내주느니 차라리 그레테의 얼굴 위로 뛰어내리고 말리라.

그러나 그레테의 말은 어머니를 한층 더 불안하게 했다. 어머니는 옆으로 비켜서서 꽃무늬 벽지 위에 있는 커다란 갈색 얼룩을 쳐다보고는, 자기가 본 것이 그레고르라는 사실을 깨닫기도 전에 거칠게 울부짖는 목소리로 외쳤다.

"아, 하느님! 오, 맙소사!"

그리고는 만사를 포기한 사람처럼 양팔을 쫙 벌린 채 소파 위에 쓰러지더니 꼼짝도 하지 않았다.

"그레고르 오빠!"

여동생이 주먹을 쳐들고 날카롭게 노려보며 소리쳤다. 그레고르가 변신을 한 이후 동생이 직접 그에게 건넨 최초의 말이었다. 그녀는 기절한 어머니를 깨어나게 할 아무 약이라도 가져오려고 옆방으로 달려갔다. 그레고르도 도와주고 싶었다. 그림을 구해낼 시간은 아직 있었다. 그러나 그는 유리에 꽉 달라붙어 있었기 때문에 억지로 몸을 떼어내야 했다. 바닥으로 내려온 그는 예전처럼 여동생에게 무슨 충고라도 해줄 수 있을까 해서 옆방으로 달려갔다. 그러나 아무것도 못하고 동생 뒤에 우두커니 서 있는 수밖에 없었다. 그동안 동생은 여러 가지 조그만 병들을 뒤적거리다가 문득 뒤를 돌아보더니 또 한 번 깜짝 놀랐다. 그 바람에 병 하나가 방바닥에 떨어져 깨졌다. 유리 조각 하나가 그레고르의 얼굴에 상처를 입혔고, 무슨 부식성腐蝕性 약물 같은 것이 그의 주위로 흘러들었다. 그레테는 이제 더 이상 지체하지 않고 손에 잡을 수 있는 만큼 여러 개의 약병을 손에 들고서 어머니에게로 달려갔다. 문은 발로 쾅 닫았다. 그리하여 그레고르는 자신의 잘못으로 거의 죽어가고 있을지도 모르는 어머니와 차단되었다. 어머니 곁에 있어야 하는 여동생을 쫓아내고 싶지 않다면 그가 문을 열어서는 안 되었다. 그가 지금 할 수 있는 일이란 기다리는 일밖에 없었다. 그레고르는 자책감과 걱정에 시달리며 이리저리 기어다니기 시작했다. 벽, 가구, 천장 등 모든 것 위를 기어다녔다. 그러다가 방 전체가 자기 주위를 빙빙 돌기 시작했을 때, 마침내 그는 절망감에 빠진 채 커다란 책상 한가운데로 떨어졌다.

시간이 약간 흘렀다. 그레고르는 힘없이 누워 있었고, 주위는 잠잠했다. 어쩌면 그것은 좋은 조짐인 것 같았다. 그때 초인종이 울렸다. 하녀는 물론 부엌에 틀어박혀 있어서 그레테가 문을 열어주러 나가야만 했다. 아버지가 오신 것이었다.

"무슨 일 있었니?"

아버지가 맨 처음 던진 말이었다. 그레테의 표정을 보고 아버지는 아마 모든 것을 눈치챈 모양이었다.

"어머니가 기절하셨어요. 이젠 좀 나아가고 있어요. 오빠가 뛰쳐나왔거든요."

그레테는 둔탁한 목소리로 대답했다. 분명 아버지의 가슴에 얼굴을 파묻은 채 하는 말이었다.

"내 그럴 줄 알았어."

아버지가 말했다.

"내가 늘 그렇게 일렀는데도, 우리 집 여자들은 도대체 내 말을 듣질 않으니."

그레고르가 보기에 아버지는 그레테의 아주 짤막한 보고만 듣고 나쁜 방향으로 해석을 하고서, 마치 그레고르가 무슨 난폭한 짓이라도 저지른 것으로 받아들이고 있음이 분명했다. 그 때문에 그레고르는 지금 바로 아버지를 진정시킬 방도를 찾아야 했다. 아버지에게 사건 진상을 밝힐 시간도 없고, 또 그럴 가능성도 없었기 때문이다. 그레고르는 얼른 자기 방 문 쪽으로 도망가서 몸을 문에 꽉 밀착시켰다. 그렇게 함으로써 아버지가 응접실에서 이쪽으로 들어서자마자, 그레고르가 즉시 자기 방으로 돌아가려는 너무도 선한 의도를 갖고 있다는 것을 곧바로 알아차릴 수 있도록 하기 위해서였다. 또 그레고르를 억지로 몰아넣을 필요 없이 문을 열어주기만 하면 즉시 자기 방으로 사라질 것이라는 사실도 알아차릴 수 있도록 하기 위해서였다.

　그러나 아버지는 그런 세심함을 알아차릴 기분이 아니었다. 아버지는 집 안으로 들어오자마자 "아!" 하고 소리쳤는데, 그 소리는 마치 화도 나고 기쁘기도 하다는 듯한 어조였다. 그레고르는 문에서 고개를 돌려 아버지를 향해 쳐들었다. 그는 지금 저기 서 있는 아버지의 모습을 정말로 상상조차 해본 적이 없었다. 물론 그는 요즘 새로운 방식으로 기어다니는 데 정신이 팔려서 예전처럼 집안이 돌아가는 사정에 신경을 쓰지 못했었다. 사실 그는 변화된 상황에 대처할 마음의 준비를 하고 있어야 했다. 그렇더라도, 아무리 그렇다 하더라도 과연 저 사람이 아버지란 말인가? 예전에 그레고르가 업무 여행을 떠날 때면 지쳐서 침대에 파묻혀 누워 있던 바로 그 사람일까? 저녁에 귀가할 때면 잠옷 바람으로 팔걸이의자에 앉아 그를 맞아주던 사람, 제대로 일어날 수 없어서 반가움의 표시로 겨우 양팔만 들어 올리던 사람, 1년에 몇 번의 일요일이나 큰 명절에 어쩌다 함께 산책을 나갈 때면 원래 걸음이 느린 그레고르와 어머니 사이에 서서 낡은 외투에 몸을 감싼 채 항상 조심조심 앞쪽으로 T자형 지팡이를 내짚으며 더욱 느리게 걷던 사람, 무슨 말을 할 때면 거의 언제나 발걸음을 멈추고 조용히 서서 동행자들을 자기 주위로 불러 모으던 그 사람이란 말인가? 그런데 그 아버지는 이제 꼿꼿하게 바로 서 있으며, 은행 수위들이 입는 것과 같은 금단추 달린 뻣뻣한 푸른 제복을 입고 있었다. 빳빳이 높게 세운 상의 칼라 위로는 억센 이중턱이 튀어나와 있었다. 숱이 많은 눈썹 아래에는 검은 눈이 생기 있고 주의 깊은 시선을 보내고 있었다. 보통 때는 마구 헝클어져 있던 흰 머리카락들은 너무하다 싶을 정도로 정확하고 반드르르하게 윤이 나는 가르마를 타서 빗겨 있었다. 그는 아마 어느 은행의 이니셜임에 틀림없는 금색 모노그램이 새겨진 모자를 던졌다. 모자는 긴 포물선을 그리며 날아가 소파 위로 떨어졌다. 그는 긴 제복 상의의 양끝을 뒤로 젖히고 양손을 바지 주머니에 찔러 넣은 채 찡그린 얼굴로 그레고르에게 다가 왔다. 아버지는 자신이 지금 무슨 일을 할 작정인지도 모르는 것 같았다. 아무튼 아버지는 발을 유별나게 높이 쳐들었다. 그레고 르는 아버지의 장화 밑창이 엄청나게 큰 것에 깜짝 놀랐다. 하지 만 그레고르는 그런 것에 구애받지 않았다. 그는 새로운 생활이 시작된 첫날부터 아버지가 자신을 최대한 엄격히 대하는 것만이 적절한 조처라 여기고 있다고 생각했다. 그래서 그는 아버지가 다가오면 달아났고, 아버지가 서면 자기도 멈추었다. 또 아버지 가 조금 움직이기만 하면 그는 재빨리 앞으로 내달렸다. 그런 식 으로 그들은 방 안을 몇 바퀴나 돌았지만, 어떤 중대한 일은 일 어나지 않았다. 전체적으로 움직이는 속도가 느렸기 때문에 얼 핏 보기에는 서로 쫓고 쫓기는 것처럼 보이지도 않았다. 그 때 문에 그레고르 역시 당분간은 방바닥에서만 기어다녔다. 벽이나 천장으로 도망치면 아버지가 그것을 특별한 악의로 간주할까 봐 두려웠기 때문이다. 물론 그레고르는 이러한 달리기를 그렇게 오래 지속하지 못할 거라고 혼잣말로 중얼거렸다. 왜냐하면 아 버지가 한 발짝만 떼도 그로서는 무수히 많은 다리 운동을 해야 만 했기 때문이다. 벌써부터 눈에 띄게 숨이 가빠오기 시작했다. 사실 예전부터 그의 폐는 그다지 건강한 편은 아니었다. 이제 그 레고르는 비틀거리며 달렸고, 달리는 일에 온 힘을 집중하기 위해 눈을 제대로 뜨지도 못했다. 또 정신이 둔감해져 달리는 것 외에는 다른 구원책은 생각지도 못했고, 톱니 모양과 뾰족한 것이 잔뜩 있는 정교하게 세공된 가구들로 가로막혀 있는 벽을 자유롭게 이용할 수 있다는 사실까지 거의 잊고 있었다. 바로 그때 그의 옆으로 어떤 물건이 휙 하고 가볍게 날아와 떨어지더니 앞쪽으로 데구루루 굴러왔다. 그것은 사과였다. 곧이어 두 번째 사과가 그를 향해 날아왔다. 그레고르는 놀란 나머지 그 자리에 멈춰 섰다. 계속 도망쳐 봤자 소용없는 일이었다. 아버지가 그에게 폭탄 세례를 퍼붓기로 결심했기 때문이다. 아버지는 탁자 위에 있는 과일 접시에서 사과들을 집어 양쪽 주머니에 가득 넣고 제대로 겨냥하지도 않고 하나씩 던졌다. 그 작고 빨간 사과들은 마치 전기라도 띤 것처럼 바닥 위를 이리저리 굴러다니며 서로서로 부딪쳤다. 약하게 던져진 사과 하나가 그레고르의 등을 스쳤지만 상처는 내지 않고 미끄러져 떨어졌다. 하지만 곧바로 뒤이어 날아온 사과는 그레고르의 등에 제대로 박혔다. 갑작스레 찾아온 이 엄청난 통증이 자리를 옮기면 사라지기라도 할 것처럼 그레고르는 몸을 질질 끌며 앞으로 나아가려고 했다. 그러나 그는 그 자리에 마치 못 박힌 듯한 느낌이 들었고, 모든 감각이 완전히 혼란스러워진 상태에서 쭉 뻗어버리고 말았다. 마지막 순간 그레고르가 본 것은, 자기 방문이 활짝 열리더니 비명을 지르는 여동생보다도 앞서 어머니가 속옷 바람으로—여동생이 실신한 어머니가 호흡을 잘 할 수 있도록 어머니의 옷을 벗겨놓았기 때문이다—뛰쳐나오는 광경이었다. 또 그레고르는 어머니가 이제 아버지 쪽으로 달려가다가 도중에 끈이 풀어진 치마들이 하나씩 벗겨져 방바닥에 떨어지는 것을 보았고, 또 어머니가 치마에 걸려 비틀거리다가 아버지에게 달려가서 아버지를 꼭 껴안고 그와 완전히 한 몸이 되더니―그때 그레고르의 눈은 가물가물해지고 있었다―두 손으로 아버지의 뒷머리를 감싸안고는 그레고르를 제발 살려달라고 애원하는 것도 보았다.


## Ⅲ

한 달 이상이나 그레고르에게 심한 고통을 주었던 그 상처는―누구도 사과를 빼내 줄 엄두를 내지 못했기 때문에 사과는 여전히 눈에 띄는 기념품처럼 살 속에 박혀 있었다―아버지에게조차 그레고르의 비참하고 역겨운 현재 모습에도 불구하고 그 역시 가족의 일원이라는 사실을 상기시켜 준 것 같았다. 가족의 일원이니 그를 원수처럼 대해서는 안 되고, 그에 대한 반감을 꿀꺽 삼키고 참는 것, 오로지 참는 것만이 가족 의무의 계명이었던 것이다.

그레고르는 그 상처 때문에 아마도 영원히 활동력을 잃어버릴지도 모르고 또 당분간은 방 안을 가로질러 가는 데에도 늙은 상이군인처럼 오랜 시간이 걸리기는 했지만―높은 곳에서 기어다니는 것은 생각조차 할 수 없었다―그는 자신의 상태가 이렇게 악화된 것에 대해서 완전한 보상을 받고 있다고 생각했다. 그 보상이란, 언제나 저녁 무렵이 되면 그가 한두 시간 전부터 뚫어지게 쳐다보고 있던 거실 문이 열렸다는 것이고, 그래서 거실 쪽에서는 보이지 않도록 자기 방의 어둠 속에 엎드린 채 불을 켜놓은 식탁에 둘러앉은 가족들의 모습을 보면서 그들의 얘기에

—어느 정도 식구들의 허락하에, 말하자면 전과는 완전히 다르게—귀 기울일 수 있게 되었다는 것이다.

물론 그것은 그레고르가 작은 호텔 방의 눅눅한 침대 시트에 지친 몸을 던져야 할 때면 항상 동경하며 생각하곤 하던 예전의 활기찬 대화는 더 이상 아니었다. 지금은 식구들 대부분이 매우 조용하기만 했다. 아버지는 저녁 식사가 끝나기가 무섭게 안락의자에서 잠들었고, 어머니와 여동생은 서로 조용히 하라고 주의를 주었다. 어머니는 불빛 아래에서 몸을 구부린 채 양장점에 넘길 고급 내의를 바느질했고, 판매원으로 취직한 여동생은 나중에 더 나은 직장을 얻기 위해서 저녁이면 속기와 프랑스어를 배우고 있었다. 가끔 아버지는 잠에서 깨어나 마치 자신이 잠을 잤다는 사실을 전혀 모르는 사람처럼 어머니에게 "당신 오늘도 바느질을 뭘 그리 오래도록 하는 거요!" 하고 말하고는 곧바로 다시 잠이 들었다. 그러면 어머니와 여동생은 서로 지친 얼굴로 미소를 지어 보였다.

아버지는 일종의 고집처럼 집에서도 수위 제복을 벗는 것을 거부했다. 잠옷은 쓸모없이 옷걸이에 그냥 걸려 있었지만, 아버지는 마치 항상 근무 태세를 갖추고 집에서도 윗사람의 분부를 기다리는 것처럼 옷을 다 차려입은 채 자기 자리에서 꾸벅꾸벅 졸고 있었다. 그 결과 처음부터 새 옷이 아니었던 아버지의 제복은 어머니와 여동생의 세심한 손질에도 불구하고 깨끗하질 못했다. 때때로 그레고르는 항상 잘 닦인 금단추만 반짝거릴 뿐 여기저기 얼룩이 묻어 있는 아버지의 제복을 저녁 내내 바라보았다. 그런 옷을 입은 늙은 아버지는 매우 불편해 보였지만, 그래도 편안하게 잠을 잤다.

시계가 10시를 알리자마자 어머니는 나지막한 소리로 아버지를 깨워 침대에 가서 주무시도록 설득했다. 의자에선 잠을 제대로 잘 수가 없으며, 새벽 6시면 근무를 시작해야 하는 아버지로서는 제대로 잠을 자는 게 절대적으로 필요했기 때문이다. 그러나 은행 수위가 된 이래 쓸데없는 고집만 부리게 된 아버지는 매번 어김없이 그렇게 잠이 들면서도 식탁 옆에 더 앉아 있겠다고 우기곤 했으며, 그러고 난 다음 안락의자에서 침대로 잠자리를 바꾸도록 움직이게 하는 일은 여간 힘이 드는 게 아니었다. 이때는 어머니와 여동생이 약간 훈계조로 심하게 재촉을 했지만, 아버지는 15분 동안이나 고개를 천천히 가로저으면서 눈을 지그시 감은 채 일어나지 않았다. 어머니가 아버지의 옷소매를 잡아당기고 귀에다 대고 알랑거리는 말을 해보아도, 여동생도 숙제하던 것을 멈추고 어머니를 거들어보아도 아버지는 끄떡도 하지 않았다. 아버지는 오히려 안락의자 속에 더 깊숙이 빠져들어갔다. 두 여자가 양쪽에서 그의 겨드랑이 밑을 치켜올릴 때에야 비로소 아버지는 눈을 뜨고 어머니와 여동생을 번갈아 쳐다보며 이렇게 말하곤 했다.

"이게 바로 인생이지, 이게 바로 내 노년의 휴식인 셈이지."

그리고 두 여자의 부축을 받은 아버지는 마치 자신이 스스로에게 엄청 무거운 짐이라도 되는 것처럼 성가신 듯 몸을 일으켰다. 아버지는 문까지 두 여자의 손에 이끌려 가다가 문 앞에서 물러가라고 손짓하고는 혼자 힘으로 들어가는 것이었다. 그러는 사이에 어머니는 바느질감을 치우고, 여동생은 펜을 황급히 던져놓고는 아버지를 뒤따라가서 계속 거들어주었다.

이렇게 혹사하며 기진맥진해진 식구들 중에 누가 꼭 필요한

일 이상으로 그레고르를 돌봐줄 시간이 있었겠는가? 살림살이
는 점점 더 쪼들렸다. 이제 하녀도 내보낼 수밖에 없었다. 대신
백발이 나부끼고 몸집이 크고 뼈대가 굵은 파출부가 아침저녁으
로 와서 가장 힘든 일을 해주었다. 다른 모든 일은 어머니가 그
많은 바느질일을 하는 틈틈이 해냈다. 심지어 예전에 어머니와
여동생이 친목회나 축제일 때 무척 행복해하며 몸에 달고 다녔
던, 집안 대대로 내려온 여러 가지 장신구들을 팔아버리는 일까
지 생겼다. 이런 형편을 그레고르는 식구들이 저녁에 그런 물건
들의 가격에 대해서 의논하는 소리를 듣고서 알았다. 그러나 그
들의 가장 큰 걱정거리는 언제나 지금 형편으로는 너무나 큰 이
집에서 이사를 갈 수 없다는 사실이었다. 그레고르를 어떻게 옮
겨야 할지 도무지 그 방도를 생각해 낼 수 없었기 때문이다. 그
러나 그레고르는 이사를 가로막는 것이 자신에 대한 배려 때문
만은 아니라는 것을 잘 알고 있었다. 왜냐하면 그쯤이야 적당한
상자 속에 공기구멍 몇 개를 뚫어놓으면 쉽게 운반할 수 있었을
테니까 말이다. 식구들이 집을 옮기지 못하는 주된 이유는 오히
려 완전한 절망감, 그리고 여태껏 다른 친척이나 친지 중에서 어
느 누구도 겪어보지 못한 그런 불행을 자기들이 당하고 있다는
생각에서였다. 세상이 가난한 사람들에게 요구하는 것을 식구들
은 최대한으로 이행하고 있었다. 아버지는 말단 은행직원들에게
아침 식사를 날라다 주었고, 어머니는 누군지도 모르는 사람들
의 속옷가지를 빨래하고 바느질하느라 몸을 아끼지 않았고, 여
동생은 고객들의 요구에 따라 판매대 뒤에서 이리저리 뛰어다녔
다. 그러나 식구들의 힘은 더 이상의 것에는 미치지 못했다. 아
버지를 침대로 모셔다 놓고 다시 돌아온 어머니와 여동생이 하

던 일을 놓아두고 뺨과 뺨이 서로 닿을 정도로 바싹 다가앉을 때면, 그러다 어머니가 그레고르의 방을 가리키면서 "그레테야, 저기 문을 좀 닫으렴." 하고 말할 때면, 그래서 그레고르가 다시 어둠 속에 있게 될 때면, 그는 등짝의 상처가 새로 생긴 것인 양 다시 아프기 시작했다. 그러는 동안 바로 옆방에서는 두 여자가 부둥켜안고 눈물을 흘리거나 혹은 눈물조차 마른 채 멍하니 식탁만 쳐다보고 있었다.

며칠 밤 며칠 낮을 그레고르는 거의 잠을 이루지 못했다. 때때로 그는, 다음번에 방문이 열리면 예전처럼 자신이 주도권을 잡고 집안의 일을 도맡아 하리라 생각했다. 그의 머릿속 상념에는 오랜만에 다시 사장, 영업부장, 점원들과 견습 사원들, 이해력이 그렇게도 없던 사환, 다른 회사에 다니는 두세 명의 친구들, 지방 어느 호텔의 객실 청소 아가씨, 사랑스러운 잠깐의 추억, 진심 어린 구애였지만 너무 늦어버렸던 어느 모자 가게의 경리 아가씨 등이 나타났다. 그들 모두는 낯선 사람들이나 혹은 이미 잊힌 사람들과 뒤섞여 나타났는데, 그나 그의 가족을 도와주기는커녕 그들 모두가 붙임성이 없어 접근 자체가 어려운 사람들이었다. 그들이 사라지자 그는 기뻤다. 하지만 그러고 나면 그는 다시 자기 식구들을 돌봐줄 기분이 전혀 들지 않았고, 자기를 푸대접한 것에 대한 분노만 가득 찼다. 어떤 것이 자기 입맛에 맞는지 상상도 못 하면서, 그는 어떻게 하면 음식물 저장실에 들어가—비록 배는 고프지 않았지만—마땅히 자기 입에 맞는 것을 집어 올 수 있을지 이런저런 계획을 세웠다. 무엇을 가져다주면 그레고르가 특별히 마음에 들어 할지 이젠 더 이상 깊이 생각해 보지도 않고, 여동생은 아침과 점심때 상점에 나가기 전에 황급히 아무 음식이나 그레고르의 방에 발로 밀어 넣었다. 저녁때면 여동생은 오빠가 음식을 맛이라도 보았는지, 아니면—가장 빈번한 경우다—아예 손도 안 댔는지 전혀 신경도 쓰지 않고 빗자루로 휙휙 쓸어 담아 내갔다. 여동생이 항상 저녁에 후다닥 해주던 방 청소도 이젠 이보다 더 빨리 끝날 수는 없었다. 벽을 따라 더러운 줄들이 죽 그어져 있었고, 곳곳에 먼지와 오물 덩어리가 널려 있었다. 처음에 그레고르는 여동생이 들어올 때면 오물이 두드러지게 많은 구석에 가서 서 있는 방식으로 여동생을 어느 정도 야단치려고 했다. 그러나 그가 몇 주일 동안이나 더 그런 곳에 꼼짝 않고 서 있더라도 여동생은 나아지지 않았으리라. 여동생도 물론 그와 마찬가지로 더러운 모습을 보았지만 그대로 내버려두기로 결심했던 것이다. 그러면서도 여동생은 전에는 찾아볼 수 없었던 예민함을 보이며—온 가족이 그런 예민함에 사로잡혀 있었다—그레고르의 방 청소는 자기의 고유한 권한이라는 사실을 모두에게 일깨웠다. 한번은 어머니가 물을 몇 양동이나 써가면서 그레고르의 방을 대청소한 적이 있었다. 그러나 방에 물기가 너무 많아 그레고르는 마음이 상했고, 그래서 소파 위에 벌렁 드러누워 언짢은 기분으로 꼼짝도 하지 않았다. 어머니는 그 일에 대한 벌을 비켜가지 못했다. 저녁에 여동생은 그레고르의 방이 달라진 것을 알아차리자마자 크게 모욕당했다는 생각에 거실로 달려갔고, 어머니가 두 손을 치켜들고 맹세하며 빌었음에도 불구하고 여동생은 경련을 일으키듯 울음을 터뜨렸다. 부모님은—아버지는 물론 안락의자에서 깜짝 놀라 벌떡 일어났다—처음엔 놀라서 어쩔 줄 모르고 쳐다보고만 있었으나 마침내 마음을 가라앉히고 움직이기 시작했다. 아버지는 오른쪽의 어머니에게는 그레고르의 방 청소를 여동생에게 맡기지 않은 것에 대해서 꾸짖었고, 반면에 왼쪽의 여동생에게는 앞으로는 어머니가 다시는 그레고르의 방을 청소하지 못하게 하겠다고 고함을 질렀다. 흥분해서 제정신이 아닌 아버지를 어머니가 침실로 끌고 가려고 애쓰는 동안, 여동생은 흐느껴 우느라고 몸을 들썩거리며 작은 두 주먹으로 식탁을 쿵쿵 두들겼다. 얼른 문을 닫아 자신에게 이 소란스런 광경과 소음을 막아줄 생각을 하는 사람이 아무도 없다는 사실에 그레고르는 화가 나서 씩씩거리고 있었다.

그러나 직장 일로 녹초가 된 여동생이 예전처럼 그레고르를 돌보는 일에 진저리를 내기 시작했다 하더라도, 아직은 어머니가 여동생 대신 그의 방에 들어올 필요는 없었고 또 그레고르가 소홀히 취급받을 이유도 없었을 것이다. 왜냐하면 이젠 파출부가 있었기 때문이다. 긴 세월 동안 억센 골격 덕분에 아무리 힘들고 역겨운 일도 이겨낸 듯한 이 늙은 과부는 그레고르에 대해 조금도 혐오감을 느끼지 않았다. 그녀는 어떤 호기심에서가 아니라 정말 우연히 그레고르의 방문을 한번 열었다가 그를 보게 되었다. 그때 그레고르는 너무 놀라서 누가 그를 뒤쫓는 것도 아닌데 이리저리 달리기 시작했고, 그 모습을 보고 있던 파출부는 양손을 아랫배 위에 얹은 채 멍하니 멈춰 서 있었다. 그 이후로 그녀는 언제나 아침저녁으로 잠깐씩 문을 약간 열고서 그레고르를 들여다보는 일을 게을리 하지 않았다. 처음엔 "이쪽으로 한번 와보렴, 우리 말똥구리야!" 또는 "우리 말똥구리 한번 봐보세요!"라는 등의 자기 딴에는 다정하게 여기는 듯한 말로 그를 자기한테 오도록 불러보기도 했다. 그런 인사말을 듣고도 그레고르는 아무 대답 없이, 마치 방문이 열리지도 않은 것처럼 제자리에 꼼짝도 않고 서 있었다. 이 파출부 할멈더러 자기 기분대로 공연히 그를 방해하도록 놔두지 말고 차라리 그의 방을 매일 청소하라는 지시나 좀 내려주면 좋으련만! 어느 이른 아침—아마도 봄이 오는 신호인 듯 세찬 비가 유리창을 때리고 있었다—파출부 할멈이 또 지난번 같은 허튼소리를 시작하자 그레고르는 화가 잔뜩 나서 공격이라도 하려는 듯이 그녀를 향해 돌아섰다. 물론 그 동작은 느리고도 힘이 없었다. 그러자 파출부 할멈은 무서워하기는커녕 문 가까이에 있던 의자를 높이 쳐들었다. 그녀는 입을 크게 벌리고 있었는데, 그것은 손에 들고 있는 의자를 그레고르의 등에 내려쳐야만 비로소 입을 다물 거라는 의도가 분명했다. 그레고르가 다시 몸을 돌리자 그녀는 "그러니까, 더 이상은 안 되겠지?"라고 말하고서 의자를 살며시 다시 구석에 내려놓았다.

그레고르는 이제 거의 아무것도 먹지 않았다. 자신을 위해 차려놓은 음식 옆을 우연히 지나갈 때면 장난삼아 한 입 물어서 입에 넣고는 몇 시간씩 그대로 물고 있다가 대개는 다시 뱉어버렸다. 처음에 그는 식욕이 생기지 않는 것이 자기 방의 상태에 대한 슬픔 때문이라고 생각했지만, 곧 그는 방의 변화에 적응하게 되었다. 식구들에겐 다른 곳에 가져다둘 수 없는 물건들을 이 방으로 갖다놓는 버릇이 생겼는데, 그런 물건들이 이제는 아주 많아졌다. 그 집의 방 하나를 세 명의 하숙인들에게 세를 내주었기 때문이다. 엄숙해 보이는 이 남자들은—그레고르가 언젠가 문틈으로 내다보니 세 사람 모두 얼굴 전체에 수염을 기르고 있었다—지독할 만큼 정리정돈에 신경을 썼다. 자기네 방뿐만이 아니라, 어차피 여기에 세를 들어 살고 있는 이상 집 안 전체가,

특히 부엌이 정돈되어 있어야 한다는 것이었다. 쓸모없거나 더러운 잡동사니를 보면 참지 못했다. 게다가 세 사람 모두 각자의 살림살이 대부분을 가지고 들어왔다. 그런 이유로 많은 물건이 불필요하게 되었는데, 그것들은 팔 수도 없었지만 다들 버리고 싶어 하지도 않았다. 그런 물건들이 모두 그레고르의 방으로 옮겨졌다. 부엌에 있던 재받이통과 쓰레기통도 마찬가지였다. 늘 바삐 서두르는 파출부 할멈은 당장에 쓰지 않는 물건이라면 뭐든 그냥 그레고르의 방에 던져 넣었다. 다행히도 그레고르는 그런 경우 대개 던져지는 물건과 그것을 든 손만을 보았을 뿐이다. 아마도 파출부는 알맞은 때에 기회를 노려 그 물건들을 다시 가져가거나 모조리 한꺼번에 내다 버릴 의도였던 것 같다. 하지만 실제로는 그레고르가 그 잡동사니들 사이로 꿈틀거리며 기어다니다가 그것을 움직여 놓지 않았다면 그 물건들은 처음에 내던져진 그 자리에 그대로 놓여 있었을 것이다. 그가 물건을 그렇게 움직여 놓는 건 처음에는 기어다닐 장소가 없었기 때문에 어쩔 수 없어서였지만, 그러나 나중엔 점점 더 재미가 나서 그렇게 했다. 그러나 그렇게 기어다니고 난 후에는 죽도록 피곤하고 또 서글퍼져서 다시 몇 시간 동안은 꼼짝도 할 수가 없었다.

세 명의 하숙인은 때때로 공동으로 사용하는 거실에서 저녁 식사를 했기 때문에 그런 날 저녁이면 거실 문이 닫혀 있는 일이 많았다. 하지만 그레고르는 문이 열리는 것을 너무도 쉽게 포기했다. 그는 문이 열린 저녁에도 그 기회를 이용하지 않고 식구들도 모르게 자기 방의 가장 어두운 구석에 자리를 잡고 엎드렸다. 한번은 파출부 할멈이 거실로 통하는 그 문을 약간 열어놓은 적이 있었는데, 저녁에 하숙인들이 들어와서 불을 켤 때까지 그대로 열려 있었다. 그들은 예전에 아버지와 어머니와 그레고르가 앉던 식탁의 윗자리에 앉아 냅킨을 펼쳐놓고 나이프와 포크를 손에 쥐었다. 그러자 곧 고기가 담긴 그릇을 들고 먼저 어머니가 문 안에서 나타났고, 그 뒤로 여동생이 감자가 수북이 담긴 그릇을 들고 따라 들어왔다. 음식에서는 김이 무럭무럭 피어오르고 있었다. 하숙인들은 먹기 전에 마치 무슨 검사라도 하려는 듯이 자기네 앞에 놓인 그릇 위로 몸을 숙였고, 실제로 가운데에 앉아 있으면서 다른 두 사람에게 권세를 부리는 듯 보이는 사람이 그릇에 담긴 고기 한 조각을 썰어보았다. 그것은 분명 고기가 충분히 연한지, 아니면 다시 부엌으로 돌려보내야 할지 확인하기 위해서였다. 그가 만족스러워하자 긴장하여 쳐다보고 있던 어머니와 여동생은 안도의 한숨을 내쉬며 미소를 짓기 시작했다.

식구들은 부엌에서 식사를 했다. 그럼에도 불구하고 아버지는 부엌으로 들어가기 전에 먼저 거실로 들어가서 모자를 손에 든 채 고개를 한번 까딱 숙이고는 식탁 주위를 한 바퀴 돌았다. 하숙인들은 모두 일어나서 수염에 가려진 입으로 뭐라고 중얼거렸다. 그들은 자기들만 남게 되자 거의 완벽한 침묵 속에서 식사를 했다. 그들이 식사하면서 내는 갖가지 소리들 중에서도 유독 이를 부딪으며 음식을 씹는 소리가 계속해서 들려오는 것이 그레고르에게는 이상하게 여겨졌다. 그 씹는 소리는 마치 사람이란 먹기 위해서는 이가 필요하며, 아무리 멋진 턱이라도 이가 없으면 아무것도 할 수 없다는 것을 그레고르에게 보여주기라도 하는 듯했다. "나도 식욕이 당기긴 한데." 하고 그레고르가 걱정스러운 듯 혼잣말로 중얼거렸다. "그렇지만 저런 음식은 아냐. 저

하숙인들이 먹는 것처럼 나도 저런 음식을 먹는다면, 난 죽어버릴 거야!"

바로 그날 저녁—그레고르는 그동안 내내 바이올린 소리를 들어본 기억이 없었다—부엌 쪽에서 바이올린 소리가 울려 퍼졌다. 하숙인들은 이미 저녁 식사를 끝낸 뒤였다. 가운데 앉은 남자가 신문을 꺼내 다른 두 사람에게 각각 한 장씩 나누어 주었다. 그들은 이제 뒤로 기댄 채 신문을 읽으면서 담배를 피웠다. 바이올린 연주가 시작되자 그들은 주의를 기울이더니 가만히 일어나 까치발을 하고 살금살금 응접실 문 쪽으로 걸어가 서로 문에 바짝 붙어 섰다. 부엌에서도 그들의 인기척이 들린 모양이었다. 왜냐하면 아버지가 이렇게 소리쳤기 때문이다.

"바이올린 연주가 혹시 신사분들의 귀에 거슬리시나요? 그렇다면 당장 중단시킬 수 있습니다."

그러자 가운데 남자가 말했다.

"천만에요. 오히려 그 반대입니다. 아가씨가 우리 쪽으로 와서 이 방에서 연주할 수 없을까요? 여기가 훨씬 더 편안하고 아늑할 것 같은데요."

"아, 그러지요."

아버지는 마치 자신이 바이올린 연주자이기라도 한 것처럼 소리쳤다. 하숙인들은 거실로 다시 돌아와 자리를 잡고 기다렸다. 곧 아버지가 보면대를 들고 왔고, 어머니는 악보를, 여동생은 바이올린을 들고 들어왔다. 여동생은 연주를 위한 모든 준비를 침착하게 했다. 이전에 한 번도 방을 세놓아 본 적이 없어서 하숙인들에 대한 예의가 지나친 부모님은 감히 자신들의 안락의자에 앉을 엄두도 내지 못했다. 아버지는 단추를 채운 제복 윗옷의 두

단추 사이에 오른손을 끼워 넣은 채 문에 기대서 있었다. 하지만 어머니는 하숙인 한 사람으로부터 안락의자에 앉으라는 제안을 받고서 방 한쪽 구석에 떨어져서 앉아 있었다. 왜냐하면 어머니는 그 사람이 우연히 가져다 놓은 안락의자를 감히 옮기지 못하고 그 자리에 그대로 놓아두었기 때문이다.

여동생이 연주를 시작했다. 아버지와 어머니는 각각 자기 자리에서 주의 깊게 여동생의 손놀림을 따라갔다. 그레고르는 바이올린 소리에 마음이 끌려 약간 앞으로 과감하게 나아가더니 어느새 머리를 거실 안으로 내밀고 있었다. 그는 최근에 자기가 다른 사람들을 거의 배려하지 않은 것에 대해서 별로 이상하게 생각하지 않았다. 예전에는 이러한 배려가 그의 자랑이었다. 그렇다면 바로 지금이야말로 자신을 숨겨야 할 더 많은 이유가 있다고 할 수 있을 것이다. 왜냐하면 방 안 곳곳에 수북이 쌓여 있는 먼지들이 조금만 움직여도 흩날려서 그 역시 온통 먼지를 뒤집어쓰고 있었기 때문이다. 그는 실밥, 머리카락, 음식 찌꺼기 등을 등과 옆구리에 붙인 채 이리저리 끌고 다녔다. 그는 만사에 너무나 무관심해져서 예전처럼 하루에도 몇 번씩 등을 양탄자에 대고 누워 몸을 문지르는 일은 아예 하지 않았다. 이러한 상태에도 불구하고 그레고르는 아무 거리낌 없이 깨끗한 거실 바닥 위에서 약간 앞으로 기어 나갔다.

그러나 아무도 그를 주시하지 않았다. 식구들은 바이올린 연주에 완전히 정신이 팔려 있었다. 반면에 하숙인들은 처음엔 두 손을 바지 주머니에 찔러 넣은 채 악보를 들여다볼 수 있을 정도로 여동생의 보면대 뒤에 바짝 붙어 서 있었다. 그래서 틀림없이 여동생에게 방해가 되었을 것이다. 잠시 후 그들은 고개를 숙

인 채 나지막하게 대화를 나누면서 창 쪽으로 물러나 아버지의
근심 어린 시선을 받으면서 계속 서 있었다. 그들은 아름답거나
흥겨운 바이올린 연주를 들으리라고 기대했다가 실망을 하고 연
주 전체에 싫증이 났지만, 단지 예의상 가만히 들어주고 있는 것
같은 인상이 역력했다. 특히 코와 입으로 담배 연기를 허공에다
뿜어대는 모습은 그들이 무척 신경질이 났다는 것을 짐작하게
했다. 그래도 여동생은 멋지게 연주하고 있었다. 얼굴은 한쪽 옆
으로 기울이고 있었으며, 눈빛은 음미하듯 슬프게 악보를 좇고
있었다. 그레고르는 조금 더 앞으로 기어 나갔다. 그리고 혹시라
도 여동생의 눈길과 마주칠 수 있도록 머리를 바닥에 바짝 가져
다댔다. 음악에 이렇게 감동을 받는데도 그가 동물이란 말인가?
마치 그가 열망했던 미지의 양식에 이르는 길이 나타나는 것 같
았다. 그는 여동생 앞에까지 달려 나가 그녀의 치마를 잡아당기
며 바이올린을 가지고 자기 방으로 와달라는 암시를 주기로 결
심했다. 왜냐하면 여기 있는 사람들 중엔 자기만큼 그 연주에 보
답해 줄 사람은 아무도 없기 때문이었다. 적어도 그가 살아 있는
동안만이라도 그는 여동생을 자기 방에서 내보내고 싶지 않았
다. 그의 흉물스런 모습이 처음으로 쓸모가 있게 될 것 같았다.
자기 방에 있는 모든 문들을 동시에 지키면서 누구라도 공격해
들어오면 으르렁대며 덤벼들 생각이었다. 그러나 여동생을 강요
에 의해서가 아니라 자발적으로 자기 방에 머무르게 해야 한다.
그는 여동생을 자기가 앉은 소파 옆자리에 앉히고 자신의 말에
귀 기울이게 할 것이다. 그런 다음에 자기가 여동생을 음악 학교
에 보내려는 확고한 계획을 가지고 있었다는 것과, 그동안 이런
불상사만 생기지 않았더라면 지난 크리스마스 때—근데 크리스

마스는 벌써 지나갔겠지?—그 어떤 반대를 무릅쓰고라도 모두에게 그 계획을 발표했을 것이라는 얘기 등을 그녀에게 털어놓고 싶었다. 이런 얘기를 하고 나면 여동생은 감동의 눈물을 터뜨릴 것이고, 그레고르는 그녀의 어깨에까지 몸을 일으켜 세워 그녀의 목에 키스를 할 것이다. 여동생은 직장에 나가면서부터 리본이나 칼라도 없이 목을 드러내놓고 다녔다.

"잠자 씨!"

가운데 하숙인이 아버지를 향해 크게 소리쳤다. 그러더니 더이상 아무 말도 하지 않고 집게손가락으로 천천히 앞으로 기어나오고 있는 그레고르를 가리켰다. 바이올린 소리가 그쳤다. 가운데 하숙인은 먼저 고개를 가로저으며 친구들에게 빙긋이 웃어 보이더니 다시 그레고르를 쳐다보았다. 아버지는 그레고르를 쫓아내는 것보다는 우선 하숙인들을 진정시키는 것이 급선무라고 여기는 것 같았다. 그러나 하숙인들은 전혀 흥분하지 않았으며 바이올린 연주보다 그레고르에게 더 흥미를 느끼는 듯했다. 아버지는 그들에게 급히 달려가 두 팔을 벌려 그들을 방으로 몰아넣으려고 하면서 동시에 몸으로는 그레고르의 모습을 보지 못하게 시야를 가렸다. 그들은 약간 화를 냈는데, 그것이 아버지의 태도 때문인지 아니면 자기들이 그레고르와 같은 녀석을 옆방에 두고 있었다는 사실을 모르고 있다가 이제야 알게 되었기 때문인지는 알 수 없었다. 그들은 아버지에게 해명을 요구하고, 자기들 쪽에서도 두 팔을 쳐들더니 불안한 듯 수염을 잡아당기면서 천천히 자기네 방으로 물러났다. 그러는 동안 여동생은 갑작스럽게 중단된 연주로 인한 상실감을 극복하고, 한동안 축 늘어뜨렸던 두 손에 바이올린과 활을 잡고 마치 연주를 하려는 듯이 악보를 들여다보더니 갑자기 벌떡 일어났다. 그러고는 호흡 곤란으로 숨을 가쁘게 몰아쉬며 아직 안락의자에 앉아 있는 어머니의 무릎 위에 악기를 내려놓고는 옆방으로 달려갔다. 하숙인들은 아버지가 재촉하는 바람에 자기네 방으로 이미 빠르게 다가가고 있었다. 여동생의 능숙한 손놀림으로 침대에 있던 이불과 베개가 위로 올려져 툭툭 털리고 착착 정돈되는 모습이 보였다. 하숙인들이 아직 방에 들어오기도 전에 그녀는 침대 정돈을 끝내고 방에서 살짝 빠져나왔다. 아버지는 세입자에게 당연히 베풀어야 할 존경심을 잊어버릴 정도로 다시 자신의 고집에 사로잡혀 있는 것 같았다. 아버지는 계속 그들을 밀어붙였고, 마침내 방문 앞에 이르렀을 때 가운데 하숙인 남자가 요란하게 발을 쾅쾅 구르는 바람에 발걸음을 멈추었다.

"이 자리에서 분명히 밝혀두겠지만,"

그는 이렇게 말하며 한 손을 쳐들었고, 시선으로는 그레고르의 어머니와 여동생도 찾고 있었다.

"이 집과 가족에게 감돌고 있는 불미스런 상황을 고려하여—이때 그는 대뜸 단호한 태도로 바닥에 침을 뱉었다—지금 당장 내 방을 해약하겠습니다. 물론 지금까지 여기서 살았던 기간에 대한 방세 역시 조금도 지불하지 않겠습니다. 오히려 나는 당신에게 어떤 배상 청구를 해야 할지 심사숙고하고자 하는데, 그 배상 청구의 사유는—절대 빈말이 아닙니다—아주 쉽게 찾을 수 있을 겁니다."

그는 입을 다물고 마치 무언가를 기다리는 것처럼 앞을 똑바로 바라보았다. 실제로 그의 두 친구들도 곧바로 다음과 같이 말하며 끼어들었다.

"우리도 즉시 방을 해약하겠습니다."

그러자 그는 문손잡이를 잡고는 꽝 하고 문을 닫고 들어갔다.

아버지는 비틀거리면서 두 손으로 더듬으며 안락의자로 걸어오더니 거기에 털썩 주저앉았다. 마치 평소처럼 저녁잠을 자려고 몸을 쭉 뻗은 것 같았으나 쉴 새 없이 머리를 심하게 끄덕거리는 모습을 보니 아버지는 전혀 잠을 자고 있는 게 아니었다. 그레고르는 그동안 하숙인들이 그를 목격했던 자리에 계속 가만히 엎드려 있었다. 자신의 계획이 실패한 것에 대한 실망감과 너무 굶은 탓으로 생긴 듯한 몸의 쇠약 때문에 한 발짝도 움직일 수 없었다. 그는 바로 다음 순간에라도 모든 것이 폭발하여 자신을 덮칠 것이라는 어느 정도 확실한 예감에 두려움을 느끼면서 그 순간을 기다리고 있었다. 그때 어머니의 떨리는 손가락들 밑으로 빠져나온 바이올린이 어머니의 무릎에서 떨어져 요란한 소리를 냈지만, 그 소리는 조금도 그레고르를 놀라게 하지 않았다.

"아버지, 어머니!"

여동생은 말을 꺼내려고 손으로 식탁을 두드렸다.

"이런 식으로는 앞으로 안 되겠어요. 두 분은 아마 잘 모르시겠지만 전 잘 알아요. 저런 괴물에게 내 오빠의 이름을 부르고 싶지 않아요. 그러니까 제가 말씀드리는 것은 단지, 우리는 저것에서 벗어나야 한다는 거예요. 우리는 저것을 돌보고 또 참아내면서 인간으로서 할 수 있는 일은 다했어요. 어느 누구도 우리를 티끌만큼이라도 비난할 수 없을 거예요."

"저 애 말이 천번 만번 옳아."

아버지가 혼잣말을 했다. 아직도 제대로 숨을 쉴 수 없는 어머니가 정신착란을 일으킨 듯한 눈빛을 보내며 입에다 손을 가져다대고 쿨럭쿨럭 둔탁한 기침을 하기 시작했다.

여동생은 얼른 어머니에게로 달려가 이마를 짚어보았다. 아버지는 여동생의 말로 인해 좀 더 분명한 생각을 갖게 된 것 같았다. 그는 자세를 고쳐 똑바로 앉은 다음, 하숙인들의 저녁 식사 때부터 여전히 식탁에 놓여 있던 접시들 사이의 수위 모자를 만지작거리고 있었으며, 꼼짝도 하지 않는 그레고르 쪽을 이따금씩 쳐다보았다.

"우리는 어떻게든 저것에서 벗어나야 해요."

여동생은 이제 아버지만 쳐다보면서 이렇게 말했다. 어머니는 기침을 하느라고 아무 얘기도 듣지 못했기 때문이다.

"저것이 틀림없이 두 분을 돌아가시게 할 거예요. 그렇게 될 게 뻔히 보여요. 우리는 이렇게 힘겹게 일을 해야만 하는데, 집에 와서까지 이런 끝없는 고통거리를 감당할 수는 없어요. 저도 이제는 더 이상 참을 수 없어요."

여동생이 너무나 심하게 울음을 터뜨리는 바람에 그녀의 눈물이 어머니의 얼굴로 흘러내렸다. 그녀는 기계적으로 손을 놀리면서 어머니의 얼굴에서 그 눈물을 훔쳐냈다.

"얘야,"

아버지가 동정 어린 마음과 눈에 띄는 이해심을 보이며 말했다.

"그럼, 우리가 어떻게 해야 한단 말이냐?"

여동생은 어찌할 바를 모르겠다는 무력감의 표시로 그저 어깨만 들썩거렸다. 눈물을 흘리는 동안 방금 전의 단호하던 태도와는 달리 무력감이 그녀를 사로잡았던 것이다.

"만약 저 애가 우리 말을 알아듣는다면,"

아버지가 반쯤은 물어보는 투로 말하자, 여동생은 그런 일은 생각할 수도 없다는 듯이 울다가 손을 세차게 흔들었다.

"만약 저 애가 우리 말을 알아듣는다면,"

아버지는 같은 말을 되풀이하고는 그런 일의 불가능성에 대한 여동생의 확신을 받아들이는 뜻에서 눈을 지그시 감았다.

"그렇다면 저 애하고 무슨 합의라도 할 수가 있을 텐데 말이야. 그렇지만 저 모양이니……."

"없어져야 해요."

여동생이 소리쳤다.

"그게 유일한 방법이에요, 아버지. 저것이 그레고르 오빠라는 생각을 버려야만 해요. 우리가 그 생각을 이토록 오랫동안 믿어 왔다는 것이 우리의 불행이에요. 저것이 도대체 어떻게 그레고르 오빠일 수 있겠어요? 만약 저게 그레고르 오빠라면, 인간인 우리가 자기와 같은 그런 동물과 함께 살 수 없다는 것을 벌써 알아차리고 제 발로 나갔을 거예요. 그러면 우리한테는 오빠가 없게 되지만, 계속 살아가면서 오빠에 대한 기억을 소중하게 간직할 수 있었을 텐데 말이에요. 그런데 저 동물은 우리를 못살게 굴고, 하숙인들을 내쫓고, 틀림없이 이 집 전체를 차지하고는 우리를 길거리에서 잠을 자는 노숙자로 만들 거예요. 저것 좀 보세요, 아버지!"

여동생이 갑자기 소리쳤다.

"벌써 또 시작해요!"

그리고 그녀는 그레고르로서는 전혀 이해할 수 없는 어떤 공포에 사로잡혀 심지어 어머니로부터 떠나갔고, 마치 그레고르 가까이에 있는 것보다는 차라리 어머니를 희생시키는 것이 더

낮다는 듯 어머니의 안락의자에서 단호히 뛰쳐나와 아버지 뒤쪽으로 황급히 달려갔다. 아버지는 여동생의 그런 행동만으로도 자극되어 역시 자리에서 일어나더니 그녀를 보호하려는 듯 그녀 앞에서 양팔을 반쯤 쳐들었다.

그러나 그레고르는 여동생은 물론이고 그 누구에게도 겁을 줄 생각은 전혀 없었다. 단지 자기 방으로 돌아가기 위해서 몸을 돌리기 시작했을 뿐이었다. 물론 그 동작이 유별나게 보였다. 왜냐하면 상처로 인해 고통스러운 상태라서 그 어려운 몸 돌리기를 할 때 머리도 함께 사용해야 했는데, 이때 그는 머리를 들었다가 바닥에 부딪히는 동작을 여러 번 되풀이했기 때문이다. 그는 동작을 멈추고 가만히 주위를 살폈다. 그의 선량한 의도를 가족들이 알아차린 듯했다. 단지 순간적으로 놀란 것뿐이었다. 이제 모두가 아무 말 없이, 그리고 슬픈 표정으로 그를 바라보고 있었다. 어머니는 두 다리를 쭉 펴고 포갠 상태로 안락의자에 누워 있었는데, 피곤에 지쳐서 두 눈이 거의 감겨 있었다. 아버지와 여동생은 나란히 앉아 있었다. 여동생은 한쪽 팔을 아버지의 목에 감고 있었다.

'이젠 몸을 돌려도 되겠지.' 하고 그레고르가 생각하고 몸 돌리기를 다시 시작했다. 그는 너무 힘이 들어 숨이 가빠오는 것을 억누를 수 없었으므로 이따금씩 쉬어야만 했다. 게다가 그를 재촉하는 사람은 아무도 없었다. 모든 것이 그 자신에게 맡겨져 있었다. 몸 돌리는 일을 끝마치자 그는 즉시 똑바로 되돌아가기 시작했다. 그는 자기 방이 그토록 멀리 있다는 것에 대해서 크게 놀랐다. 조금 전 이렇게 쇠약한 몸을 이끌고 어떻게 이 먼 거리를 아무 생각 없이 기어 나왔는지 도무지 납득이 되지 않았다.

그저 빨리 기어갈 생각만 하느라고 식구들의 어떤 말이나 외침도 자기를 방해하고 있지 않다는 것을 거의 깨닫지 못했다. 문 안쪽에 다 들어가서야 비로소 그는 머리를 돌렸는데, 목이 뻣뻣해지는 것을 느꼈기 때문에 완전히 돌리지는 않았다. 어쨌든 그는 자신의 뒤쪽에는 아무런 변화도 일어나지 않았다는 것을 확인했다. 오직 여동생만이 일어서 있었다. 그레고르의 마지막 시선은 어머니를 스쳐 지나갔다. 그새 어머니는 완전히 잠들어 있었다.

그가 방 안에 들어가자마자 문이 재빨리 닫히더니 굳게 빗장이 걸렸다. 문이 폐쇄되었고 그는 갇혀버렸다. 뒤에서 난 그 갑작스런 소음에 그레고르가 깜짝 놀라서 가느다란 다리들이 꺾였다. 그렇게 서둘러 문을 닫고 잠근 사람은 여동생이었다. 그녀는 미리 일어나서 기다리고 있다가 그레고르가 방에 들어가자마자 민첩하게 달려왔던 것이다. 그레고르는 그녀가 다가오는 소리를 전혀 듣지 못했다. 여동생은 자물쇠에 꽂힌 열쇠를 돌리면서 "드디어 됐어요!" 하고 부모를 향해 외쳤다.

'자, 이젠 어떡한담?' 하고 그레고르는 스스로에게 물어보며 어둠 속에서 주위를 둘러보았다. 그는 곧 자신이 이제 전혀 움직일 수 없다는 사실을 깨달았다. 그는 그것에 대해 전혀 놀라지도 않았다. 오히려 자기가 지금까지 그렇게 가느다란 다리로 돌아다닐 수 있었다는 것이 신기하게 생각될 정도였다. 게다가 그는 기분도 비교적 좋았다. 온몸에 통증이 있었지만, 그 고통도 차차 약해져서 결국은 완전히 사라질 것처럼 생각되었다. 등에 박혀 썩어버린 사과도, 솜털 같은 먼지가 덮인 그 주변의 염증도 이미 거의 느끼지 못했다. 그는 가족들에 대해 돌이켜 생각하며 감동과 사랑의 마음을 느꼈다. 자기가 사라져야만 한다는 생각은 아마도 여동생의 생각보다 더 확고한 것 같았다. 교회 시계탑이 3시를 칠 때까지 그는 이렇게 공허하고도 평화로운 생각에 잠겨 있었다. 창밖에서 세상이 환해지기 시작하는 것까지는 아직 알 수 있었다. 그러자 그의 머리가 자기도 모르게 아래로 폭 수그러졌다. 그의 콧구멍에서는 마지막 숨이 약하게 흘러나왔다.

이른 아침에 파출부 할멈이 와서—제발 그러지 말라고 몇 번이나 부탁했지만 모든 문을 힘차게 급히 열어젖히는 바람에, 그 할멈만 오면 집 안에서 조용히 자는 것은 더 이상 불가능했다—평소처럼 그레고르의 방을 잠깐 들여다보았으나 처음에는 어떤 특이한 점을 발견하지 못했다. 파출부 할멈은 그레고르가 일부러 꼼짝 않고 엎드려 마음이 상한 척하고 있다고 생각했다. 할멈은 그가 뭐든지 다 이해할 수 있는 능력을 가지고 있다고 믿었던 것이다. 우연히 긴 빗자루를 손에 들고 있었기 때문에 할멈은 문가에 선 채 그것을 내밀어 그레고르를 간질여 보았다. 그런데도 아무 반응이 없자 할멈은 화가 나서 그레고르를 약간 쑤셔 보았고, 그레고르는 아무런 저항도 없이 있던 자리에서 그대로 밀려났다. 그제야 할멈은 이상하다 싶어 자세히 살펴보았다. 이내 사태의 진상을 알게 되자, 할멈은 눈이 휘둥그레져서 무의식 중에 휘파람을 휘휘 불었다. 그러나 할멈은 거기에 오래 서 있지 않고 잠자 부부의 침실 문을 홱 열어젖히고는 큰 소리로 어둠 속에다 대고 외쳤다.

"저것 좀 보세요. 저게 뒈졌어요. 저기 자빠져서, 완전히 뒈졌네요."

잠자 부부는 침대에서 일어나 똑바로 앉아 있었다. 할멈이 전하는 내용을 파악하기 전에 먼저 할멈 때문에 놀란 가슴부터 쓸어내려야 했다. 그런 다음에 잠자 부부는 서둘러 각자 누워 있던 침대 양편에서 내려왔다. 잠자 씨는 어깨에 이불을 걸치고, 잠자 부인은 잠옷 바람으로 뛰쳐나와 그대로 그레고르의 방으로 들어갔다. 그러는 동안 거실 문도 열렸다. 거실은 하숙인들이 입주한 다음부터 그레테가 잠을 잤던 곳이다. 그레테는 전혀 잠을 자지 않은 것처럼 옷을 다 입고 있었다. 그녀의 창백한 얼굴 역시 밤새 잠을 자지 않았다는 것을 입증해 주는 듯했다.

"죽었나요?"

잠자 부인은 이렇게 말하고 의심스러운 듯 파출부 할멈을 쳐다보았다. 그러나 잠자 부인 스스로가 그것을 확인해 볼 수도 있었고 또 굳이 확인하지 않아도 알 수 있는 일이었다.

"그런 것 같은데요."

할멈은 이렇게 말하며 빗자루로 그레고르의 시체를 옆쪽으로 한참 쭉 밀었다. 잠자 부인은 빗자루를 제지하려는 듯한 동작을 취했지만 실제로 그러지는 않았다.

"자, 그럼, 이제 우리 하느님께 감사를 드리도록 하자."

잠자 씨가 이렇게 말하고 가슴에 십자가를 긋자 세 여자도 따라 했다. 시체에서 눈을 떼지 않고 있던 그레테가 말했다.

"얼마나 말랐는지 저것 좀 보세요. 그토록 오랫동안 아무것도 먹지 않았으니 말예요. 음식은 들여다 놓은 그대로 다시 밖으로 나왔거든요."

실제로 그레고르의 몸은 완전히 납작해졌고 바싹 말라 있었다. 그것을 사람들은 지금에야 제대로 알아보았다. 이제 그는 더 이상 몸을 다리들로 버티고 서 있지도 않았고, 또 그 외에 사람들의 시선을 끌 만한 것이 그에게 아무것도 없었기 때문이다.

"그레테야, 잠깐 우리 방으로 건너오거라."

잠자 부인이 우울한 미소를 지으며 말했다. 그레테는 시체 쪽을 돌아다보면서 부모님을 따라 침실로 들어갔다. 파출부 할멈은 문을 닫고 창문을 활짝 열어젖혔다. 이른 아침임에도 불구하고 신선한 공기 속에는 이미 미지근한 기운 같은 것이 약간 섞여 있었다. 벌써 3월 말이었다.

세 하숙인이 자기네 방에서 나와 놀란 표정으로 아침 식사를 찾으며 주위를 둘러보았다. 가족들 모두 하숙인들에 대해서 까맣게 잊고 있었던 것이다.

"아침 식사는 어디에 있는 거요?"

가운데 하숙인이 파출부 할멈에게 퉁명스럽게 물었다. 그러나 파출부 할멈은 손가락을 입에 대고 "쉿!" 하며 어서 아무 말 말고 그레고르의 방으로 가보라고 손짓을 해댔다. 그들도 역시 그레고르의 방에 들어갔으며, 이미 환해진 방 안에서 그들은 약간 낡은 윗옷 주머니에 두 손을 찔러 넣은 채 그레고르의 시체 주위에 둘러섰다.

그때 침실 문이 열리더니 제복 차림의 잠자 씨가 한쪽 팔에는 부인의, 또 다른 팔에는 딸의 부축을 받으며 나타났다. 세 사람모두 약간 울었던 것 같다. 그레테는 때때로 아버지의 팔에다 얼굴을 파묻곤 했다.

"당장 우리 집에서 나가시오."

잠자 씨는 이렇게 말하고 현관문 쪽을 가리켰다. 여전히 두 여자를 자신의 몸에서 떼어놓지 않은 상태였다.

"무슨 말씀이신지요?"

가운데 하숙인이 약간 당황한 듯이 말하고 위선적인 미소를 지었다. 다른 두 사람은 뒷짐을 진 채 끊임없이 두 손을 비벼댔다. 마치 자기들에게 유리하게 끝날 것이 틀림없는 큰 싸움이 일어나기를 즐거운 마음으로 기다리는 듯했다.

"지금 내가 말한 그대로요."

잠자 씨는 그렇게 대답하고서, 아내와 딸을 옆에 거느린 채 일렬로 나란히 그 하숙인을 향해 다가갔다. 그 하숙인은 처음엔 가만히 서 있다가, 마치 돌아가는 사태가 머릿속에서 짜맞춰져 새로 정리된 것처럼 바닥을 내려다보았다.

"정 그렇다면 우리가 나가지요."

그렇게 말하며 잠자 씨를 쳐다보았는데, 그 모습은 마치 갑작스레 그를 덮친 겸손한 마음으로 이 결심에 대해서조차 새로운 승낙을 얻으려는 것 같았다. 잠자 씨는 두 눈을 부릅뜨고 그에게 그저 몇 번 짤막하게 고개를 끄덕일 뿐이었다. 그러자 그 남자는 실제로 곧장 응접실로 성큼성큼 걸어갔다. 그의 두 친구는 이미 한참 동안 손장난도 멈추고 귀 기울여 듣고 있다가, 이제 그 가운데 남자의 뒤를 따라 총총 뛰어갔다. 그 모습은 마치 잠자 씨가 자기들보다 먼저 응접실에 들어가 형님격인 가운데 남자와의 사이를 방해라도 할까 봐 두려워하는 것 같았다. 응접실에서 그들 세 사람은 옷걸이에서 모자를 집어 들고, 지팡이 통에서 지팡이를 뽑아 들더니 말없이 꾸벅 인사를 하고 집에서 나갔다. 곧 밝혀졌다시피, 전혀 근거가 없는 불신을 품고 잠자 씨는 두 여자와 함께 현관 밖으로 나갔다. 그들은 난간에 기댄 채, 세 남자가 긴 계단을 천천히 그러나 멈추지 않고 내려가는 모습을 지켜보았다. 세 남자는 매 층마다 계단이 일정하게 휘는 층계 커브에서 모습을 감췄다가 잠시 후 다시 나타나곤 했다. 그들이 점점 아래로 내려갈수록 그들에 대한 잠자 씨 가족들의 관심도 점점 사라져 갔다. 그리고 머리에 짐을 인 한 정육점 점원이 건들거리며 그들을 향해 마주 올라오다가 이내 그들을 지나쳐 위로 올라올 때, 잠자 씨는 곧 두 여자를 데리고 난간을 떠났다. 모두들 홀가분한 기분이 되어 집 안으로 들어왔다.

그들은 오늘 하루 푹 쉬고 산책을 하며 보내기로 결정했다. 그렇게 일을 중단하고 휴식을 취할 만한 자격이 있었을 뿐 아니라, 심지어 무조건 그럴 필요가 있었다. 그래서 그들은 식탁에 앉아서 세 통의 결근계를 썼다. 잠자 씨는 영업부장에게, 잠자 부인은 주문자에게, 그레테는 상점 부인에게 썼다. 글을 쓰고 있는 동안 파출부 할멈이 들어와 아침 일을 끝냈으니 그만 돌아가겠다고 말했다. 글을 쓰던 세 사람은 처음엔 쳐다보지도 않은 채 고개만 끄덕였지만, 그래도 할멈이 돌아갈 생각을 하지 않자 그제야 비로소 언짢은 듯 쳐다보았다.

"뭐죠?"

잠자 씨가 물었다. 할멈은 빙긋이 웃으면서 문 안쪽에 서 있었다. 마치 그들에게 대단히 기쁜 소식을 전할 게 있다는 듯, 하지만 자기에게 열심히 캐묻지 않으면 알려주지 않겠다는 듯한 태도였다. 할멈의 모자에 거의 수직으로 꽂힌 작은 타조 깃털 장식이 이리저리 사방으로 가볍게 흔들거리고 있었다. 잠자 씨는 그녀가 일하는 내내 그 깃털 장식이 신경에 거슬렸다.

"도대체 뭘 원하시는 거죠?"

잠자 부인이 물었다. 그래도 할멈은 이 집에서 잠자 부인을 가장 존경하고 있었다.

"네, 사실은……." 하고 할멈이 대답했지만, 그만 생글생글 웃음이 터져 나오는 바람에 곧바로 얘기를 계속할 수 없었다. "그러니까, 옆방의 저 물건을 치워버리는 일에 대해선 전혀 걱정하시지 않아도 된다고요. 벌써 치워버렸으니까요."

잠자 부인과 그레테는 마치 글을 계속 쓰려는 듯 편지지 위로 몸을 숙였다. 할멈이 이제 모든 것을 자세하게 설명하기 시작하려는 것을 눈치챈 잠자 씨가 얼른 손을 쭉 내밀며 단호히 그걸 막았다. 얘기를 늘어놓지 못하게 되자, 할멈은 자기가 지금 굉장히 바쁘다는 것을 기억해 내고는 아주 기분이 상한 듯 소리쳤다.

"그럼, 모두들 안녕히 계세요."

할멈은 홱 돌아서더니 요란스럽게 문을 쾅 닫고는 집을 나가버렸다.

"저녁에 돌아오면 할멈을 내보내야겠어."

잠자 씨가 이렇게 말했으나, 부인도 딸도 아무 대답을 하지 않았다. 왜냐하면 그들이 겨우 얻게 된 휴식을 할멈이 다시 방해한 것 같았기 때문이다. 두 여자는 일어나 창가로 가서 서로 부둥켜안은 채 거기에 서 있었다. 잠자 씨는 안락의자에 앉아 그들을 향해 몸을 돌리고는 잠시 조용히 지켜보았다. 그러고서 이렇게 소리쳤다.

"자, 이리들 와봐, 지난 일들은 이제 그만 잊어버려. 그리고 내 생각도 좀 해줘야지."

두 여자는 즉시 그의 말을 따랐고, 급히 그에게로 달려가 그를 어루만져 주고는 신속하게 각자의 결근계 쓰는 일을 끝냈다.

그런 다음 세 사람은 모두 함께 집을 나섰다. 벌써 몇 달째 못해본 일이었다. 그들은 전차를 타고 교외로 나갔다. 전차 안에는

그들 가족 외엔 아무도 없었으며, 따스한 햇살이 내부를 밝게 비
춰주었다. 그들은 좌석에 편안히 기대앉아, 장래의 전망에 대해
서 이야기를 나누었다. 좀 더 자세히 생각해 보니 그들의 전망
이라는 것은 조금도 나쁘지 않았다. 사실 그들 서로가 아직은 제
대로 물어본 적이 없지만, 세 사람 모두의 직장은 꽤 괜찮았으며
특히 앞으로의 전망이 좋았기 때문이다. 지금 당장 그들의 상황
을 최대한으로 개선하는 문제는 두말할 것도 없이 이사를 하면
쉽게 이루어질 것이었다. 그들은 이제 그레고르가 골랐던 지금
집보다 더 작고 더 싸면서도 보다 위치가 좋고 대체적으로 더
실용적인 집을 구할 작정이었다. 그들이 이렇게 이야기를 나누
는 동안 잠자 씨 부부는 점점 생기발랄해지는 딸을 바라보면서,
그녀가 최근에 두 뺨이 창백해질 정도로 갖은 고생을 했음에도
불구하고 아름답고 터질 듯 풍만한 처녀로 피어나고 있음을 거
의 동시에 느꼈다. 부부는 점점 조용해지며 거의 무의식적으로
눈빛을 주고받고는, 이제는 딸을 위해서 훌륭한 신랑감을 구해
야 할 때가 되었다는 생각을 했다. 그리고 여행의 목적지에 이르
자 딸이 제일 먼저 일어나 젊은 몸을 쭉 펴며 기지개를 켰을 때,
그 모습이 그들에게는 마치 새로운 꿈과 멋진 계획에 대한 보증
처럼 비쳤다.

화
부

뉴욕 항. 열여섯 살의 카를 로스만을 태운 배가 이미 속력을 늦춘 채 입항하고 있었다. 카를은 가난한 부모에게서 아메리카로 쫓기듯 보내졌다. 하녀가 그를 유혹해 아이까지 낳았기 때문이었다. 배가 항구에 닿자, 그는 진작부터 주시하던 자유의 여신상이 갑자기 더 강렬해진 햇빛을 받은 듯 그쪽을 한참 동안 바라보았다. 칼을 높이 치켜든 여신의 팔은 새삼 위로 치솟아 있었고, 여신의 형상 주변으로는 자유의 바람이 거칠게 휘몰아쳤다.

"이렇게 높다니!" 카를은 혼잣말을 하며 배에서 내릴 생각을 하지 않았다. 하지만 점점 몰려드는 짐꾼들의 물결에 떠밀려 그는 어느새 난간 쪽까지 밀려나 있었다.

항해 중 잠깐 친하게 지낸 한 젊은이가 스쳐 지나가며 말했다.

"아, 아직도 내릴 생각이 없으신가요?"

"아뇨, 다 준비됐죠." 카를은 그에게 웃으며 대답했고, 장난기 어린 기분에 젖어서 스스로 힘이 센 걸 과시하듯 트렁크를 번쩍 들어 어깨에 둘러멨다. 그러나 막 그 젊은이가 지팡이를 살랑살랑 흔들면서 다른 사람들과 함께 멀어져 가는 모습을 바라보다가, 그는 문득 자신의 우산을 아래층 선실에 두고 왔다는 사실을 깨닫고 깜짝 놀랐다. 카를은 그 사람에게 자기 트렁크를 잠깐만 지켜달라고 부탁했다. 상대는 내켜하지 않는 표정이었지만, 카를은 돌아올 때 길을 올바로 찾을 수 있도록 주변을 다시 둘러보고는 허둥지둥 아래로 서둘러 달려갔다.

그러나 아래로 내려가 보니 안타깝게도 선실로 가는 길을 상당히 단축시켜 주었을 통로 하나가 폐쇄되어 있었다. 그런 경우는 처음이었는데, 아마도 승객 전원의 하선을 위한 조처였을 것이다. 그래서 그는 어쩔 수 없이 수많은 작은 공간들을 지나고, 끊임없이 이어지는 짧은 계단들을 오르내리고, 계속 굽어지는 복도를 돌고 돌아, 책상 하나만 휑하니 놓여 있는 텅 빈 방을 지나 힘들게 길을 찾아 헤맸다. 하지만 이 길을 예전에 한두 번, 그것도 늘 여러 사람과 어울려 지나간 게 전부였기 때문에, 결국 완전히 길을 잃고 말았다. 어찌할 바를 몰라 갈피를 잡지 못한 상황에서 사람이라고는 만날 수가 없었고, 머리 위로는 수천 명의 신발 끄는 소리만 끊임없이 들리고, 저 멀리서는 이미 멈춘 엔진의 마지막 작동 소리가 마치 입김을 내뱉듯 희미하게 들려왔다. 그래서 그는 이리저리 헤매던 끝에 우연히 맞닥뜨린 작은 문 하나를 아무 생각 없이 두드리기 시작했다. 절박함이 묻어난 손놀림이었다.

"열려 있어요!" 안쪽에서 누군가가 외치자 카를은 안도의 숨을 내쉬며 문을 열었다.

"왜 그렇게 미친 듯이 문을 두드리는 거요?" 거구의 사내가 카를을 제대로 쳐다보지도 않고 물었다. 선실 위쪽 천창에서 이미 오랫동안 켜놓아 흐릿해져 버린 뿌연 불빛이 초라한 선실 안으로 스며들고 있었다. 그곳에는 침대 하나, 옷장 하나, 안락의자

하나, 그리고 그 사내가 마치 좁은 창고에 쑤셔 넣은 짐짝처럼 서로 맞닿은 채 들어서 있었다.

"길을 잃었어요." 카를이 말했다. "항해 중에는 전혀 몰랐는데, 이 배는 정말 어마어마하게 크네요."

"그건 맞는 말이오." 사내는 어딘가 자부심 섞인 어조로 말하며, 작은 트렁크의 자물쇠를 계속 만지작거렸다. 그는 두 손으로 트렁크를 힘껏 누르며 걸쇠가 철컥 소리 내며 채워지는 걸 귀로 확인하려 했다.

"자, 들어오시오, 그렇게 밖에 서 있지 말고 어서!" 사내가 덧붙였다.

"방해되는 건 아닌가요?" 카를이 조심스레 물었다.

"방해가 되다니, 천만에요!"

"혹시 독일 분이신가요?" 카를은 미국에 막 도착한 이민자들이 특히 아일랜드인들에게 봉변을 당한다는 얘기를 많이 들었기 때문에 확인해 두고자 했다.

"그럼요, 독일 사람이지요." 사내가 말했다.

카를은 여전히 머뭇거렸다. 그 순간 사내가 느닷없이 문고리를 잡고는 문을 당겨 세차게 닫으며 카를을 안으로 끌어들였다.

"누가 복도에서 들여다보는 건 난 정말 질색이라오." 이렇게 말하고 사내는 다시 트렁크를 만지작거렸다. "지나가던 놈들이 다 들여다본단 말이오, 그런 꼴을 견딜 수 있는 사람은 열 명 중에 한 명 아니겠소!"

"하지만 지금은 복도가 텅 비어 있는데요." 카를이 침대 기둥에 몸을 붙인 채 불편하게 서서 말했다.

"지금은 그렇죠." 사내가 대꾸했다.

'지금이 중요한 거 아닌가?' 카를은 속으로 생각했다. '이 사람하고는 얘기가 통하기 어렵겠군.'

"자, 침대에 좀 누우시오. 거기가 더 널찍하니까 말이오." 사내가 권했다. 카를은 어떻게든 몸을 밀어 넣듯 침대에 기어들다가, 그 위에 털썩 누우려는 첫 시도가 허사로 끝난 게 웃겨서 소리 내어 웃었다. 그런데 막 침대에 눕는 순간, 그는 갑자기 소리쳤다.

"세상에! 내 트렁크를 까맣게 잊고 있었네요!"

"도대체 그게 어디에 있소?"

"위쪽 갑판에요. 아는 사람이 지켜주고 있어요. 그 사람 이름이 뭐였냐 하면요……."

그러고는 어머니가 여행을 떠나는 아들을 위해 상의 안감에 따로 달아준 비밀 호주머니에서 명함을 꺼냈다.

"부터바움, 프란츠 부터바움입니다."

"그 트렁크가 그렇게 꼭 필요한가?"

"물론이죠."

"그럼 왜 그걸 낯선 사람한테 맡긴 거요?"

"이 아래에 우산을 두고 와서요. 우산 가지러 달려온 참인데 트렁크를 들고 오긴 좀 그래서요. 그러다 그만 길까지 잃어버렸지 뭐예요."

"당신 혼자 여행하는 거요? 동행은 없소?"

"네, 저 혼자입니다."

이렇게 말하고 카를은 '이 사람한테 기대야 할지도 모르겠군. 어디서 당장 이보다 나은 친구를 찾겠는가'라고 속으로 생각했다.

"그럼 이제 트렁크까지 잃어버렸구먼. 우산 이야긴 꺼내지도 말자고."

사내는 의자에 털썩 앉으며 이제 카를의 사정에 약간 관심이 생긴 듯한 눈치였다.

"그래도 아직 트렁크를 잃어버린 건 아닐지도 몰라요."

"믿는 자에게 복이 있나니." 사내가 말했다. 그러면서 짧고 숱 많은 짙은 흑갈색 머리를 거칠게 벅벅 긁어댔다.

"항구가 바뀌면 배 위의 풍속도 바뀌는 법이지. 함부르크 같았으면 자네의 그 부터바움이 트렁크를 잘 지켰을지도 모르지만, 여기선 둘 다 흔적조차 없을 가능성이 크다네."

"그래도 당장 올라가서 확인해 봐야겠어요." 카를은 이렇게 말하며 어떻게 여기를 나갈 수 있을지 주위를 두리번거렸다.

"그냥 여기 있게나." 사내가 말하며 다소 거칠게 카를의 가슴을 한 손으로 툭 밀쳐 다시 침대에 주저앉혔다.

"대체 왜 이러세요?" 카를은 화를 내며 물었다.

"가봐야 소용이 없으니까." 사내는 계속해서 말했다. "조금 있으면 나도 나가야 하니까, 그때 같이 가보세. 트렁크를 도둑맞았으면 어쩔 도리가 없는 일이고, 아직도 그 사람이 지키고 있다면 멍청한 인간이니 계속 지키고 있게 하든가, 만약 그 사람이 그냥 정직해서 트렁크를 놔두고 갔다면, 그러면 승객들이 다 빠져나갈 때까지 기다렸다 찾는 게 더 나을 걸세. 우산도 마찬가지고."

"이 배 구조를 잘 아세요?" 카를은 미심쩍은 듯이 물었다. 그는 문득, 승객들이 빠져나간 빈 배에서 물건을 찾는 것이 제일 쉬울 거라는 평소의 확신이 지금은 뭔가 허점이 있다는 느낌이 들었다.

"나는 이 배에서 일하는 화부일세."

"화부시라고요?" 카를은 반가움에 소리쳤다. 그건 기대 이상이었다. 카를은 팔꿈치를 괸 채 사내를 좀 더 가까이 자세하게 바라보았다.

"제가 슬로바키아인들이랑 같이 자던 선실 바로 앞에, 기계실 안을 들여다볼 수 있는 창문이 하나 있었어요."

"맞소. 내가 거기서 일했지요." 화부가 대답했다.

"저는 기계에 늘 관심이 많았어요." 카를은 자신의 어떤 생각에 사로잡혀 말했다.

"미국에 오지 않아도 되었더라면 나중에 틀림없이 기술자가 되었을 거예요."

"근데 왜 여기 미국에 와야만 했소?"

"아휴, 그 얘긴 뭐……." 카를은 손을 내저으며 모든 이야기를 일축해 버렸다. 그러면서 화부를 향해 살짝 웃었는데, 마치 모든 걸 말하지 않는 사연에 대해 화부에게 이해를 구하는 듯한 눈빛이었다.

"뭐, 나름 사정이 있었겠지." 화부가 말했다. 그러나 그 말이 사연을 듣고 싶다는 건지, 아니면 말을 그만두라는 건지 분간하기 어려웠다.

"이젠 저도 화부가 될 수 있어요." 카를이 말했다. "지금 부모님은 제가 뭘 하든 아무 상관 하지 않으니까요."

"내 자리가 공석이 될 텐데." 화부가 말했다. 그는 이 말을 온전히 의식하면서 주머니에 두 손을 찔러 넣더니 가죽 재질의 주름진 철회색 바지를 입은 두 다리를 쭉 뻗으며 침대 위로 올려 놓았다. 카를은 그 탓에 벽 쪽으로 더 밀려나야 했다.

"이 배를 떠나시는 건가요?"

"그렇소, 우린 오늘로 짐을 싸서 떠날 거요."

"왜요? 이 배가 마음에 안 드세요?"

"그게 사정이 그렇다 보니, 마음에 드느냐 안 드느냐의 여부로 일이 항상 결정되는 것은 아닐세. 하기야 자네 말이 맞네. 사실 나도 이 배가 마음에 안 든다네. 자네는 십중팔구 화부가 되려고 생각하지는 않겠지만, 오히려 그런 자네가 더 쉽게 화부가 되더라고. 그러니까 내 말은 자네에게 제발 그러지 말라고 충고하는 거요. 유럽에서 공부하고 싶었다면, 왜 여기서는 그럴 생각을 하지 않는 거요? 미국 대학들은 사실상 유럽보다 훨씬 우수하오. 비교할 수도 없지요."

"그럴지도 모르죠." 카를이 말했다. "그런데 전 대학 다닐 돈이 거의 없어요. 어떤 사람은 낮에는 일하고 밤에는 공부해서 박사가 되고 아마 시장까지 됐다는 얘기를 어딘가에서 읽어본 적이 있어요. 하지만 그러려면 엄청난 인내와 끈기가 필요하잖아요, 그렇지 않나요? 제가 염려하는 것은 저한텐 그런 게 부족한 것 같단 점이에요. 게다가 저는 원래 공부를 잘하는 학생도 아니었어요. 학교를 떠날 때도 전혀 아쉽지 않았거든요. 그리고 어쩌면 여기 학교들이 더 엄격할 수도 있고요. 저는 영어도 거의 못 해요. 무엇보다도 이 나라 사람들은 외국인에게 상당히 편견을 갖고 있는 것 같아요."

"벌써 그런 것도 알아냈나 보네? 그럼 됐소. 그렇다면 이제 자네는 우리 쪽 사람일세. 보다시피 우린 지금 독일 배에 타고 있잖소. 함부르크-아메리카 노선을 왕래하는 선박인데, 왜 우리 승무원들은 전부 독일 사람들이 아니냔 말이오. 왜 일등화부는 루마니아 사람이란 말인가? 이름도 슈발이란 녀석이지. 이건 믿을 수 없는 일이야. 이 개자식이 독일 배에 탄 우리 독일인들을 못살게 군다니 이게 말이나 되오!" 그는 숨이 차서 헐떡거리며 손을 허공에서 허우적댔다. "내가 불평을 위한 불평을 하는 거라고 생각지 마시오. 난 자네가 아무런 영향력도 없고, 불쌍한 청년일 뿐이라는 것도 알고 있소. 하지만 이건 너무 심하잖소!"

그는 주먹으로 책상을 여러 번 내리쳤고, 그러면서도 주먹에서 시선을 떼지 않았다.

"내가 얼마나 많은 배에서 일했는지 아시오?" 그러고는 그가 스무 척의 배 이름을 마치 하나의 단어처럼 줄줄이 쏟아내는 바람에 카를은 정신이 아찔했다.

"나는 특출하게 일을 잘해서 칭찬도 받았고, 선장들이 좋아하는 믿음직한 일꾼이었소. 심지어 몇 년 동안 같은 상선에서 일을 했다오."

그는 벌떡 일어나며 마치 그때가 인생 최고의 순간이었다는 듯 말을 이었다.

"그런데 이놈의 배에선 모든 게 일률적으로 짜여 있어, 어떤 농담이라도 통하지 않아 나는 여기서 아무짝에도 쓸모없는 인간 취급을 받는다 이 말이오. 슈발 눈에는 난 걸리적거리기만 하고 방해만 되는 게으름뱅이라오. 그래서 당장이라도 쫓겨나는 게 마땅하지만 자비를 베풀어주는 덕분에 임금을 받아먹고 있는 신세란 말이지. 이게 말이 되는가? 난 도저히 이해를 못 하겠소."

"그런 대우를 받아들이시면 안 되죠!" 카를은 흥분해서 말했다. 그는 지금 자신이 낯선 대륙의 연안에 정박한 어느 배의 불안정한 밑바닥에 있다는 사실조차 거의 잊고 있었다. 그만큼 화부의 침대 위에 있는 여기 이곳이 고향처럼 편안하게 느껴졌다.

"그래, 선장을 찾아가 본 적은 있나요? 거기 가서 당신의 권리를 주장해 보셨어요?"

"자, 그만 나가게, 나가는 게 좋을 것 같네. 난 자네 같은 사람 여기 두고 싶지 않네. 내가 하는 말은 듣지도 않고 충고랍시고 쏘아붙이기만 하고 말일세. 대체 내가 어떻게 선장한테 간단 말인가!"

화부는 지친 듯 다시 주저앉았고, 두 손으로 얼굴을 감쌌다.

"이자에겐 이보다 더 나은 충고를 해줄 수가 없겠군." 카를은 혼잣말로 중얼거렸다. 그리고 그는 곧, 이 자리에 앉아 충고를 하다 바보 취급을 당하느니 차라리 트렁크를 찾으러 가는 편이 더 낫겠다고 생각했다. 어쩌면 지금쯤 그 소중한 트렁크는 영영 사라졌을지도 몰랐다. 아버지가 그 트렁크를 평생 그의 것으로 넘겨주면서 농담 삼아 "네가 이걸 얼마나 오랫동안 가지고 있게 될까?"라고 말했는데 말이다. 그나마 유일하게 위안이 되는 건, 적어도 아버지는 지금 자신의 처지를 알 턱이 없다는 사실뿐이었다. 아무리 뒤를 캐려 해도, 선박회사는 그가 '뉴욕에 도착했다'는 것밖에 말해줄 수 없을 것이다. 하지만 트렁크 속에 든 물건들을 아직 거의 써보지도 못했다는 사실은 못내 아쉬웠다. 예컨대 진작부터 셔츠를 갈아입어야겠다는 필요를 느꼈는데도 말이다. 그러니까 그는 엉뚱한 데서 절약을 한 셈이었다. 이제 막 삶의 첫걸음을 내디디려는 이 순간, 단정한 차림으로 나서야 할 때에, 그는 더럽고 구겨진 셔츠 차림으로 나타나야 할 판이었다. 다른 때 같으면 트렁크를 잃어버린 일이 그리 고약하지 않았을지 모른다. 왜냐하면 지금 입고 있는 양복이 트렁크 안의 것보다 훨씬 더 좋은 양복이기 때문이었다. 트렁크 속의 그 양복은 사실 출발 직전 어머니가 허겁지겁 수선해 준 비상용 양복에 불과했다. 문득 그는, 트렁크 안에 어머니가 별도로 챙겨 넣어준 베로나산産 살라미가 한 덩이 들어 있었다는 것을 떠올렸다. 그런데 그는 그중 극히 일부밖에 먹지 못했다. 항해 내내 입맛이 전혀 없어서, 삼등 선실에서 제공해 주는 수프 한 그릇이면 충분했기 때문이다. 하지만 지금 그 소시지가 수중에 있다면 화부에게 선사하고 싶은 생각이 간절했다. 이런 사람들은, 무언가 자그마한 것을 슬쩍 건네주기만 해도 금세 마음을 열 수 있다는 걸 카를은 아버지를 통해 알고 있었다. 그의 아버지는 사업상 관계가 있는 하급 직원들을 만날 때면 모두에게 담배를 나눠줘서 자기편으로 만들었다. 하지만 지금 카를이 가진 것 중 선물로 줄 수 있는 것은 돈뿐이었는데, 혹시 트렁크를 잃어버릴 경우를 대비해서 그 돈에는 함부로 손대고 싶지 않았다. 다시 그의 생각은 트렁크로 돌아왔다. 생각할수록 이해되지 않았다. 왜 그토록 오랜 항해 동안 트렁크를 끼고 자며 지켜왔던가? 거의 잠을 설쳐가며, 주의해서 지켜왔던 트렁크인데, 이제 와서 어떻게 이리 허망하게 남의 손에 넘겨주었는가 말이다. 그는 지난 닷새 동안 그의 잠자리에서 왼쪽으로 두 칸 떨어진 자리에 누워 있던 조그만 슬로바키아인이 밤마다 자기 트렁크를 노린다고 의심을 품었던 것을 떠올렸다. 이 슬로바키아인은 카를이 피곤에 겨워 마침내 잠깐이라도 꾸벅꾸벅 졸기를 기다리는 것 같았다. 그는 긴 막대기를 하나 들고서 낮 동안 내내 장난감처럼 갖고 놀거나 이리저리 휘두르며 뭔가를 연습하는 듯했는데, 그 막대기로 카를의 트렁크를 자기 쪽으로 끌어오려는 속셈이 분명했다. 낮에는 천진

하기 이를 데 없는 모습이었지만, 밤이 되면 그는 수시로 자리에서 일어나 슬픈 눈빛으로 카를의 트렁크를 가만히 바라보곤 했다. 카를은 그런 걸 아주 분명하게 알 수 있었다. 왜냐하면 이민길에 올라 불안한 마음에 늘 누군가가 이민 알선업체의 무슨 알 수 없는 안내 책자를 해독해 보려고, 그건 선박 규정상 금지된 일이었지만, 여기저기서 작은 불빛을 켜들었기 때문이다. 그런 불빛이 가까이 있을 때 카를은 잠시 꾸벅꾸벅 졸 수 있었지만, 불빛이 멀리 있거나 혹은 사방이 캄캄할 때면 두 눈을 부릅뜨고 있어야 했다. 그렇게 애쓰는 바람에 카를은 지칠 대로 지쳐 녹초가 되다시피 했는데, 이제 그 모든 노력이 완전히 허사가 될 판이었다. 이놈의 부터바움! 이놈을 어디에선가 한번 다시 만나기만 해봐라!

바로 그때, 지금껏 완전한 정적에 잠겨 있던 적막을 뚫고 바깥쪽 먼 거리에서부터 마치 어린아이의 발소리 같은, 뭔가를 짧게 두드리는 소리가 들려왔다. 그 소리는 점점 가까워지며 차츰 또렷하고 묵직한 울림으로 변해갔는데, 알고 보니 장정들이 조용하게 행진하는 소리였다. 좁은 복도 특성상 일렬로 걷고 있는 것이 분명했으며, 그들의 몸에서 무언가 무기의 금속성 울림 같은 절그럭 소리가 들렸다. 침대에 누워 몸을 쭉 뻗고 트렁크며 슬로바키아인 따위의 걱정을 잠시 내려놓고 이제 막 잠에 빠져들 참이었던 카를은 화들짝 놀라 몸을 일으켰고, 곁에 있는 화부에게도 주의를 환기시키려고 그를 툭툭 쳤다. 왜냐하면 그 행렬의 선두가 이미 바로 문 앞까지 도달한 것처럼 느껴졌기 때문이다.

"저건 이 배의 악대樂隊일세." 화부가 말했다. "위에서 연주를 마치고 이제 짐 싸러 가는 길이오. 이제 모든 게 끝났으니 우리도 갈 수 있네. 자, 가세!"

그는 카를의 손을 잡고 나가려다가 마지막 순간에, 침대 머리 맡 벽에 걸려 있던 액자 속 성모 마리아상을 떼어내더니 윗옷 안주머니에 욱여넣었다. 그러고는 자신의 트렁크를 움켜쥐고, 카를과 함께 급히 선실을 빠져나왔다.

"이제 나는 사무실로 가서 높으신 양반들한테 내 할 말을 할 걸세. 더 이상 승객들도 남아 있지 않으니 이제는 배려할 것도 없네."

화부는 이 말을 여러 가지 방식으로 거듭 이야기했고, 걸어가 면서 통로를 가로지르는 쥐 한 마리를 보고 옆으로 걷어차려고 했지만, 때마침 도달한 구멍 속으로 더 빠르게 처넣어준 격이 되 었다. 그 쥐는 그보다 더 빠르게 발밑을 빠져나가 바로 코앞의 구멍 속으로 달아나 버렸던 것이다. 대체로 그는 움직임이 둔한 편이었는데, 아무리 다리가 길다 해도 지나치게 무겁고 둔중해 보였기 때문이다.

두 사람이 주방의 한쪽을 지나게 되었는데, 그곳에서는 몇몇 아가씨들이 지저분한 앞치마를 두르고, 일부러 더러운 물을 앞 치마에 튀기며, 커다란 통들에 담긴 식기들을 씻고 있었다. 화 부는 그중 '리네'라는 아가씨를 자기 쪽으로 오라고 부르더니, 그녀의 허리를 팔로 감싸안고서 잠시 몇 걸음 걸어갔다. 그사이 리네는 쉬지 않고 교태를 부리며 화부의 팔에 자기 몸을 밀착 시켰다.

"지금 급료를 지불한다는데, 너도 같이 갈래?" 하고 화부가 물 었다.

"내가 뭐 하러 고생해. 그냥 내 몫은 대신 좀 가져다줘요." 그녀는 그렇게 말하곤 그의 팔에서 빠져나와 달아났다.

"대체 어디서 저런 멋진 소년을 주워왔대?" 그녀가 뒤돌아 웃으며 소리쳤지만, 대답을 들을 마음은 없는 듯했다. 그러자 모든 아가씨들이 하던 일을 멈추고 까르르 웃어대는 소리가 들려왔다.

그들은 계속 걸어서 어느 문 앞에 다다랐다. 그 문 위에는 조그마한 박공이 달려 있었는데, 금박을 입힌 조그마한 여인상 기둥들이 이를 떠받치고 있었다. 배 안의 시설치고는 과도하게 사치스러운 느낌이었다. 카를은 이곳에 와본 적이 한 번도 없다는 걸 깨달았다. 아마 항해 중에는 일등 혹은 이등 객실 승객들에게만 개방되었을 것이다. 지금은 배의 대청소를 앞두고 객실 간 구분용 문들을 모두 터놓은 모양이었다. 아닌 게 아니라 둘은 방금 전에도 빗자루를 어깨에 메고 지나가던 몇몇 남자들을 마주쳤고, 그들은 지나가면서 화부에게 인사를 건넸다. 카를은 이처럼 분주한 배의 내부 모습에 놀라움을 감추지 못했다. 그가 묵던 삼등 선실에선 이런 움직임은 거의 경험해 보지 못했던 터였다. 통로를 따라 전기선이 이리저리 길게 이어져 있었고, 어딘가에서 작은 종소리가 끊임없이 울려 퍼지고 있었다.

화부는 공손하게 문을 두드렸고, 안에서 "들어오시오." 하는 소리가 나자 카를에게 손짓으로 겁먹지 말고 들어가자고 재촉했다. 카를은 방에 들어서긴 했지만, 문가에 멈춰 섰다. 선실에 난 세 개의 창문 너머로 바다의 넘실거리는 물결이 보였고, 그 생기 넘치는 움직임을 바라보는 순간, 카를의 심장은 쿵쿵 뛰었다. 지난 닷새 동안 내내 바다를 싫증나도록 봐놓고도 마치 그러지 않았던 것처럼 말이다. 커다란 배들이 서로 엇갈려 지나갔고, 배의 육중한 무게가 허용하는 대로 출렁거리는 물결에 몸을 내맡기고 있었다. 눈을 가늘게 뜨고 바라보면 그 배들은 순전히 자체 무게에 눌려 흔들리는 듯한 인상이었다. 돛대 위에는 가늘고 긴 깃발들이 달려 있었는데, 배의 진행 속도 때문에 곧고 팽팽하게 퍼지긴 했지만 여전히 이리저리 펄럭이고 있었다. 아마 군함들에서 울려 퍼진 듯한 예포 소리가 들렸고, 그중 하나는 그다지 멀지 않은 곳을 지나고 있었다. 그 군함에서는 강철 외피의 포신들이 물결에 반사되어 번쩍거렸는데, 군함이 완전히 수평적이진 않지만 안전하게 미끄러지는 듯한 그 움직임이 포신을 쓰다듬듯 조심조심 다루고 있는 것처럼 보였다. 멀리 떨어져 있는 소형 선박과 보트 들은, 적어도 이 문에서 보기엔, 큰 배들 사이의 틈으로 무리를 지어 지나다녔다. 하지만 이 모든 광경의 뒤편에는 뉴욕이 우뚝 서 있었고, 그 마천루들의 수십만 개 창문들을 통해 카를을 지켜보고 있었다. 그렇다, 이 방에서는 자신이 지금 어디에 있는지를 확실히 알 수 있었다.

둥근 테이블 주위에는 세 명의 남자가 앉아 있었다. 그중 한 사람은 푸른색 선원 제복을 입은 항해사였고, 다른 두 사람은 검은색 미국 제복을 입은 항만청 직원들이었다. 테이블 위에는 각종 서류가 높이 쌓여 있었는데, 손에 펜을 든 항해사가 먼저 그 서류를 훑어보고 나서 다른 두 사람에게 건네주었다. 그러면 그 둘은 서류를 읽어보기도 하고, 어떤 부분을 발췌해 옮겨 적기도 했다. 그중 한 사람은 거의 쉴 새 없이 이를 딱딱 부딪는 작은 소리를 내면서 동료에게 무언가를 받아 적게 하지 않을 때는 서류를 가방에 집어넣었다.

창가의 책상에는 체구가 작은 남자가 문을 등지고 앉아 있었다. 그는 머리 높이에 설치된 튼튼한 책꽂이에 줄지어 꽂힌 커다란 장부들을 꼼꼼히 살펴보고 있었다. 그의 옆에는 금고가 하나 열린 채 놓여 있었는데, 적어도 얼핏 보기에는 안이 텅 비어 있었다.

두 번째 창문은 앞이 텅 비어 있어서 바깥 풍경을 내다보기가 가장 좋았다. 하지만 세 번째 창문 근처에서는 두 명의 남자가 낮은 목소리로 이야기를 나누고 있었다. 그중 한 사람은 창 옆에 기대어 있었고, 역시 선원 제복을 입고 단검의 자루를 손으로 돌리며 장난을 치고 있었다. 그와 대화를 나누던 다른 남자는 창을 향해 서 있었으며, 대화를 나누는 중간중간 몸을 움직이는 바람에 상대방의 가슴에 주렁주렁 달린 훈장들의 일부가 눈에 들어왔다. 사복 차림인 이 남자는 가느다란 대나무 막대기를 지니고 있었는데, 양손을 허리에 착 붙이고 있었기 때문에 그 막대기는 마치 단검처럼 삐죽 나와 있었다.

카를은 방 안의 이 모든 것을 찬찬히 살펴볼 여유가 별로 없었다. 왜냐하면 금방 사환 한 명이 그들에게 다가와 화부를 향해, 마치 여기는 당신 같은 사람이 올 곳이 아니라는 듯한 눈빛으로, 대체 무슨 일로 왔느냐고 용건을 물었기 때문이다. 물어본 사환의 목소리와 마찬가지로 화부도 나지막한 목소리로, 자신은 회계주임과 이야기를 나누고 싶다고 대답했다. 하지만 사환은 손사래를 치며 그 요청을 단칼에 잘라버렸다. 그럼에도 불구하고 사환은 조심스럽게 발끝으로 걸으며, 둥근 테이블을 빙 돌아서 장부를 든 남자에게 다가갔다. 그 남자는 사환의 말을 듣고는 표정이 바로 굳어졌는데—그 모습이 똑똑히 보였다—결국엔 자기와 면담하려는 남자 쪽을 돌아보았다. 그러고는 화부를 향해,

그리고 확실히 해두기 위해 사환을 향해서도 단호한 거절의 표시로 손을 내저었다. 그러자 사환은 화부에게 돌아와 마치 큰 비밀을 털어놓기라도 하는 듯한 투로 말했다.

"당장 이 방에서 나가주시오!"

이런 대답을 들은 화부는 내려다보았다. 마치 자신의 서러운 심정을 들어줄 사람은 당신밖에 없다는 표정이었다. 이에 카를은 더 이상 망설이지 않고 자리를 떠나, 급히 방을 가로질러 달려 나갔다. 그 과정에서 항해사의 의자를 가볍게 스치기도 했다. 사환은 몸을 앞으로 굽힌 채 양팔을 벌리고 붙잡으러 뒤따라 달려왔는데, 마치 벌레라도 쫓아내려는 듯한 몸짓이었다. 그러나 카를이 먼저 회계주임의 책상에 도달했고, 그 책상을 단단히 움켜쥐고 버텼다. 혹시 사환이 그를 끌어내려고 해도 버틸 수 있게 말이다.

방 안이 갑자기 활기를 띤 것은 당연했다. 테이블에 앉아 있던 항해사가 벌떡 일어섰고, 항만청 직원들은 차분하지만 예의주시하는 눈빛으로 사태를 지켜보았다. 창가에 있던 두 남자는 나란히 다가섰으며, 사환은 이미 높으신 분들이 관심을 보이는 마당에 더 이상 자신이 나설 자리가 아님을 깨닫고 한 발 뒤로 물러섰다. 문가에 서 있던 화부는 자신의 도움이 필요해질 순간이 올까 봐 조마조마하게 기다리고 있었다. 마침내 회계주임이 안락의자에 앉은 채로 몸을 크게 틀어 오른쪽을 향했다.

카를은 자신을 소개하는 대신에 지켜보는 사람들의 시선에 아랑곳하지 않고 비밀 호주머니를 뒤적거려 자신의 여권을 꺼낸 다음 책상 위에 펼쳐놓았다. 회계주임은 그 여권을 별것 아닌 것으로 여기는 모양이었다. 여권을 두 손가락으로 팅겨서 슬쩍 옆

으로 밀어버렸기 때문이다. 그러자 카를은 마치 그 형식상의 절
차가 이로써 만족스럽게 끝났다는 듯 다시 여권을 주머니에 챙
겨 넣었다.

"제가 감히 말씀드리자면," 그가 이윽고 말을 꺼냈다. "제 생각
으로는 이 선실의 화부 양반이 부당한 일을 당한 것 같습니다.
'슈발'이라는 사람이 그를 못살게 굴고 있어요. 이 화부는 여러
배에서 근무한 경력이 있으며, 어느 배에서건 늘 만족스럽게 근
무해 왔습니다. 그 배들의 이름도 전부 댈 수 있어요. 그는 근면
하고, 자신의 일에 성실한 분이에요. 그런데 왜 하필 이 배에서
만, 그것도 예컨대 상선에서처럼 일이 지나치게 힘들지도 않은
데, 제 역할을 다하지 못한다는 평가를 받아야 하는지 이해할 수
없습니다. 그렇다면 이것은 분명 중상모략일 겁니다. 그래서 그
의 승진도 가로막히고, 다른 배에서라면 틀림없이 받았을 인정
을 여기서는 받지 못한 것이지요. 저는 이 문제의 일반적인 사항
만 말씀드렸고, 보다 구체적인 불만은 저분이 직접 전할 것입니
다."

카를은 이 말을 방 안의 모든 이들을 향해 거침없이 쏟아놓았
다. 실제로 그들 모두가 귀를 기울이고 있었던 것도 이유지만,
회계주임이 정의로운 사람일 가능성보다는 그들 중에 정의로운
사람이 한 명쯤 있을 가능성이 더 높아 보였기 때문이다. 더군다
나 카를은 교묘하게도 자신이 이 화부를 알게 된 것이 이제 겨
우 얼마 되지 않았다는 사실은 비밀에 부쳤다. 아닌 게 아니라
카를이 지금 서 있는 자리에서 처음 본 대나무 막대를 든 신사
가 얼굴을 붉힌 모습에 당황해하지 않았더라면, 그는 훨씬 더 조
리 있게 말할 수도 있었을 것이다.

"모든 말이 틀림없는 사실입니다."

화부는 아직 아무도 그에게 묻지도, 심지어 그를 처다보지도 않았는데 그렇게 말했다. 이런 성급함은 그에게 치명적인 실수가 될 수도 있었지만, 카를의 마음속에 방금 떠오른 생각대로, 틀림없이 선장으로 보이는 훈장을 주렁주렁 단 남자가 이미 마음속으로 화부의 말을 들어보기로 작심을 한 것 같았다. 그는 한 손을 내밀며 화부에게 소리쳤다. 마치 망치를 내리치는 듯한 단호한 목소리였다.

"이쪽으로 오시오!"

이제 모든 것은 화부의 태도에 달려 있었다. 왜냐하면 그의 주장이 정당하다는 데에 카를은 조금도 의심하지 않았기 때문이다.

다행히도 이번 기회에 알 수 있었던 것은, 이 화부가 세상살이에 이미 꽤나 단련되어 경험이 풍부한 인물이라는 사실이었다. 모범적이라 할 만큼 침착하게 그는 작은 트렁크에서 단번에 서류 뭉치와 수첩 하나를 꺼내들었다. 그러곤 너무도 자연스럽고 당연하다는 듯, 회계주임을 철저히 무시한 채 선장에게 다가가, 창턱 위에 자신의 증거자료들을 펼쳐 보였다. 회계주임은 어쩔 수 없이 그리로 가는 수고를 할 수밖에 없었다. 회계주임은 사정을 설명하기 위해 다음과 같이 말했다.

"이 사람은 악명 높은 불평꾼입니다. 기계실에 있기보다는 회계과에 더 자주 드나들 정도지요. 이 자가 슈발을, 그 차분한 슈발을 완전히 절망 상태로 몰아넣었어요. 자, 들어보십시오!" 그러더니 회계주임은 화부 쪽으로 고개를 돌려 말했다. "이거 봐요. 당신의 그 뻔뻔스러운 행동은 정말 도를 넘었어요. 대체 얼마나 자주 당신이 급여 지불처에서 쫓겨났는지 아시오? 전적으로 부당하고 완전히 터무니없는 요구를 내세우니 번번이 쫓겨날 만도 하지 않겠는가! 또 그곳 급여 지불처에서 우리 회계과로 얼마나 자주 달려왔는가! 얼마나 자주 당신에게 점잖게 충고했는가, 슈발이 당신의 직속 상관이니 당신은 부하직원으로서 그와 잘 지내야 한다고 말이오! 그랬더니 지금은 선장님이 계시는 이곳까지 들어와서 창피한 줄 모르고 성가시게 구는 것도 모자라, 심지어는 이 배에서 처음 보는 저 조무래기에게 당신 생각을 주입시켜 당신의 대변자로 데려와서는 당신의 터무니없는 고발을 거리낌 없이 늘어놓게 하다니요!"

카를은 뛰어들고 싶은 충동을 가까스로 억눌렀다. 하지만 이미 선장도 와 있었다. 선장은 이렇게 말했다.

"그래도 우리 이 사람 말을 한번 들어봅시다. 슈발은 어차피 때가 되면 나에게서 완전히 독립할 겁니다. 물론 그렇다고 해서 당신에게 유리한 말을 하려는 건 아니오."

뒤에 한 말은 화부를 향한 것이었으며, 당연히 선장이 처음부터 그를 두둔할 수는 없는 노릇이었다. 그러나 모든 일이 제대로 되어가는 것처럼 보였다. 화부는 그간 있었던 일을 설명하기 시작했는데, 처음에는 '슈발' 대신 '슈발 씨'라고 호칭을 붙임으로써 자제력을 보여주었다. 카를은 자리를 비운 회계주임의 책상 옆에 있는 게 너무 기뻤는데, 거기서 순전히 재미 삼아 그 책상 위에 놓인 편지 저울을 반복해서 눌러댔다. 슈발 씨는 부당하다! 슈발 씨는 외국인을 편애한다! 슈발 씨는 화부를 기계실에서 쫓아내고 화장실 청소를 시켰는데, 이것이 과연 화부의 일이란 말인가! 심지어 한번은 슈발 씨의 능력마저 의심받는 순간이 있었다. 그 능력은 실제라기보다 그저 겉모습일 뿐이라는 식으로 화부는 말했다. 이 대목에서 카를은 마치 자신이 선장의 동료라도 되는 듯이 선장을 뚫어져라 응시했다. 하지만 그것은 화부의 서투른 표현 방식이 불리하게 작용하지 않기를 바라는 마음에서 그랬을 뿐이었다. 아무튼 화부가 많은 말을 늘어놓기는 했지만 실제 중요한 내용은 별로 없었다. 비록 선장이 화부의 말을 이번에는 끝까지 들어주겠다는 단호한 눈빛으로 여전히 앞을 바라보고 있었지만, 방 안의 다른 이들은 더 이상 참을 수 없다는 눈치였다. 그리고 얼마 안 가 화부의 목소리는 이제 더 이상 이 공간을 지배하지 못하게 되었는데, 이는 여러 불안한 징후를 드러내기 시작했다. 가장 먼저 반응한 것은 사복 차림의 신사였는데, 그는 대나무 막대를 움직이더니 작은 소리이긴 하지만 마룻바닥을 톡톡 두드렸다. 당연히 다른 사람들은 여기저기서 간헐적으로 그쪽을 쳐다보았다. 시간에 쫓겨 다급해진 게 분명해 보이는 항만청 직원들은 다시 서류에 손을 댔으며, 아직은 딴생각이 가시지 않은 표정이긴 하지만 서류들을 훑어보기 시작했다. 항해사는 다시 책상 쪽에 더 가까이 다가앉았고, 회계주임은 다 이긴 게임이라고 생각하며 비꼬듯이 깊은 한숨을 내쉬었다. 이 산만해진 분위기 속에서 유일하게 흔들리지 않은 이는 오직 사환뿐이었다. 그는 이 불쌍한 남자가 높으신 양반들 사이에 끼여 당하는 고통을 어느 정도 공감하면서, 마치 무언가를 말없이 설명하려는 듯한 진지한 얼굴로 카를을 향해 고개를 끄덕여 보였다.

그러는 동안 창문 바깥에서는 여전히 항구의 삶이 흘러가고 있었다. 납작한 화물선 한 척이, 굴러떨어지지 않도록 놀랍도록 차곡차곡 산더미처럼 쌓아올린 수많은 통들을 싣고 천천히 지나가면서 방 안을 거의 어둠에 잠기게 했다. 작은 모터보트들은 조타기를 움켜쥔 채 꼿꼿이 서 있는 사내의 손짓 하나하나에 따라 요란한 소리를 내며 곧장 일직선으로 내달렸다. 이상한 형태의 부유물들이 출렁이는 물결 속에서 이리저리 저절로 떠올랐다가 곧바로 다시 파도에 휩쓸리며 놀라서 보고 있는 사람의 눈앞에서 가라앉았다. 카를은 시간만 있었다면 지금 그 모습을 자세히 지켜볼 수 있었을 것이다. 원양 기선에 딸린 보트들은 뜨거운 숨을 몰아쉬며 일하는 선원들이 힘차게 노를 젓는 가운데 앞으로 나아가고 있었고, 그 안에는 빼곡히 들어찬 승객들이 배에 실린 채 기대에 부푼 얼굴을 하고 가만히 앉아 있었다. 비록 몇몇은 고개를 돌려 계속 바뀌는 풍경을 따라가려 애썼지만 말이다. 끝없는 움직임, 뭔지 모를 불안감, 그것은 의지할 데 없는 사람들과 그들의 행위에까지 그대로 전염되는 듯했다!

그런데 모든 상황이 화부에게 급히 서두르라고, 분명히 말해야 한다고, 철저하고도 정확하게 설명해야 한다고 재촉하고 있었다. 그런데 화부는 무엇을 하고 있는가? 그는 정말 땀에 젖을 정도로 열심히 말했고, 오래전부터 손이 떨려 창턱 위의 서류들을 더 이상 집어들 수도 없었다. 사방팔방에서 슈발에 대한 불평불만이 쏟아져 나왔으며, 화부의 생각으로는 그중 하나만으로도 슈발을 완전히 매장하기에 족한 것들이었지만, 정작 그가 선장에게 보여줄 수 있었던 것은 슬프게도 그 모든 것들이 얽히고 뒤섞여 버린 혼란일 뿐이었다. 대나무 막대를 든 신사는 이미 오래전부터 천장을 향해 약하게 휘파람을 불어댔고, 항만청 직원들은 항해사를 자기네 테이블에 붙들고는 다시는 놓아줄 생각이 없는 듯했다. 회계주임은 선장의 침착한 태도 때문에 말참견을 하려는 충동을 억누르는 눈치가 역력했고, 사환은 언제라도 선장으로부터 화부에게 내려질 명령을 기다리며 차렷 차세로 서 있었다.

이쯤 되니 카를은 더 이상 가만히 있을 수가 없었다. 그는 천천히 사람들이 무리 지어 있는 곳으로 다가가면서, 어떻게 하면 이 일을 가급적 요령 있게 처리할 수 있을지 머리를 재빠르게 굴리며 곰곰 생각했다. 정말 절체절명의 순간이었다. 조금만 더 늦었더라면, 둘 다 그 방에서 쫓겨나는 일도 충분히 가능했을 것이다. 선장은 좋은 사람이었고, 지금 이 순간, 카를의 눈에 비치기엔 공정한 상관으로서 행동했다는 인상을 주고 싶은 어떤 특별한 이유가 있는 듯했지만, 결국 그 역시 땅에 내리꽂힌 못처럼 아무리 심하게 다루어도 괜찮은 악기는 아니었다. 그런데 화부는 그를 마치 그런 악기처럼 다루고 있었던 것이다. 물론 그것은 그의 끝없는 분노와 억울함에서 비롯된 것이었지만 말이다.

그래서 카를은 화부에게 이렇게 말했다.

"이야기를 좀 더 간단하게, 더 분명하게 하셔야 합니다. 당신이 지금처럼 이야기해서는 선장님께서 인정해 주실 수가 없어요. 선장님이 모든 기관사와 사환의 이름, 그것도 세례명까지 다 알고 있다고 생각하십니까? 이름 하나 툭 던진다고 해서 누구를 이야기하는 것인지 아실 수는 없는 겁니다. 불만 사항들을 마음속으로 정리해 보세요. 그런 다음 가장 중요한 것부터, 그다음은 차례대로 덜 중요한 것들을 말하세요. 그러면 어쩌면 대부분은 더 이상 말할 필요도 없게 될지도 몰라요. 제게는 늘 그렇게 조리 있게 말씀하셨잖아요!"

카를은 마음속으로 '미국에서는 트렁크도 도둑맞을 수 있는 판인데, 이따금씩 거짓말하는 것쯤이야 당연히 괜찮겠지.' 하고 변명 삼아 생각했다.

하지만 그의 조언이 도움이 돼야 할 텐데! 아니, 어쩌면 이미 너무 늦어버린 건 아닐까? 화부는 귀에 익은 목소리를 듣자마자 즉시 말을 멈추었지만, 모욕당한 사나이의 명예와 끔찍한 기억들, 그리고 현재 처한 극단적인 곤경 때문에 눈물이 완전히 앞을 가려 그의 눈으로는 카를조차 제대로 알아볼 수 없었다. 그가 이제 어떻게 한단 말인가? 카를은 그 말없이 침묵하고 있는 화부 앞에서 이 상황을 파악할 수 있었다. 어떻게 그가 지금 와서 갑자기 자신의 말투를 바꾸어야 한단 말인가! 왜냐하면 카를이 생각하기에 화부는 단 하나의 인정도 받지 못한 채 자기가 할 수 있는 말을 이미 다 한 것 같으면서도, 동시에 아직 아무 말도 하지 않은 것 같기도 했는데, 그렇다고 이제 사람들에게 자기 이야기를 모두 들어달라고 요구할 수도 없는 노릇이었기 때문이다. 그런데 이런 순간에 그래도 그의 유일한 지지자인 카를이 다가와 그에게 좋은 교훈을 주려고 했지만, 결과적으로는 모든 것이 끝장났다는 것을 그에게 보여준 꼴이 되고 만 것이다.

"내가 창밖을 내다보느라 시간을 허비하지 않고, 더 일찍 왔더라면……."

카를은 그렇게 자신을 탓하며 화부 앞에서 고개를 숙이고, 바지의 솔기를 양손으로 톡톡 두드리며 모든 희망이 다 끝났음을 표시했다.

그러나 화부는 그것을 오해했다. 그는 카를이 자신을 탓하는 어떤 은밀한 비난을 감지한 듯했다. 그래서 그런 오해를 풀기 위한 좋은 의도로 화부는 자기 행위를 정당화하기 위해 카를과 말다툼을 벌이기 시작했다. 바로 지금, 그 둥근 테이블에 앉아 있던 사람들이 이 무의미한 소란으로 중요한 업무를 방해받아 진작부터 격분해 있었고, 회계주임은 더 이상 선장의 인내를 이해할 수 없다며 당장 폭발할 태세를 보였으며, 사환도 다시 상관들의 편에 완전히 복귀하여 화부를 적대적인 시선으로 노려보고 있는 그 시점이었다. 한편 때때로 선장마저 우정 어린 눈빛으로 쳐다보곤 하는 대나무 막대를 든 신사는 이제 화부에 대한 관심이 완전히 사라지고 아예 혐오감을 느끼는 듯했다. 그러면서 지금은 작은 수첩 하나를 꺼내 분명히 전혀 다른 용건들에 몰두하고 있는 듯 수첩과 카를 사이에서 눈을 이리저리 굴리고 있었다.

"알고 있어요, 정말 안다니까요."

카를은 이렇게 말했으며, 이제 자신에게 비난의 화살을 퍼붓는 화부의 공격을 막아내느라 애를 쓰면서도 말다툼 사이사이 다정한 미소를 잃지 않았다.

"당신 말이 옳아요, 옳다고요. 저는 그것을 한 번도 의심해 본 적이 없어요."

카를은 얻어맞을까 겁나서 마구 휘두르는 화부의 양손을 붙들고 싶었다. 물론 더 하고 싶은 것은 차라리 그를 한구석으로 몰아 보통 때 같으면 다른 사람들이 들어서는 안 될 말을 몇 마디 조용히 속삭여 그를 진정시키는 일이었다. 하지만 화부는 이미 통제 불능의 상태였다. 카를은 이제, 궁지에 몰린 화부가 절망적인 상태에서 생겨난 괴력으로 이 자리의 일곱 사람 모두를 제압할 수 있을지도 모른다는 생각까지 하면서, 심지어 일종의 위안을 얻기 시작했다.

그렇지만 책상 위에는, 단 한 번의 시선으로도 알아볼 수 있는, 전선이 접속된 수많은 버튼이 달린 제어판이 놓여 있었다. 한 손으로 그 버튼을 살짝 누르기만 하면, 모든 통로에 적敵의 사람들로 가득 찬 이 배 전체에서 폭동이 일어날 수도 있었다.

그때, 지금껏 별 관심 없어 보이던 신사가 대나무 막대를 들고 카를에게 다가왔다. 그리고 화부의 온갖 고함을 뚫고, 그다지 크지는 않지만 또렷하게 들리는 목소리로 물었다.

"그런데 당신 이름이 어떻게 되시오?"

바로 그 순간, 마치 누군가 문 뒤에서 신사의 이 말을 기다리고 있었다는 듯, 문을 두드리는 소리가 들렸다. 사환은 선장을 향해 시선을 보냈고, 선장은 고개를 끄덕였다. 그러자 사환이 가서 문을 열었다. 문 앞에는 낡은 황제 시절 제복을 입은 중간 정도 체격의 남자가 서 있었다. 겉모습만 봐서는 기계실의 일과는 전혀 어울리지 않는 사람이었는데—그는 바로 슈발이었다. 그러자 선장까지 포함해 모든 사람의 눈빛에 모종의 만족감이 드러났다. 만일 카를이 이 사실을 알아차리지 못했다 해도, 카를은 틀림없이 화부의 행동을 보고 알아차렸을 것이다. 화부는 놀랍게도 양팔을 뻗어 힘줄이 불거져 나오도록 두 주먹을 불끈 쥐었는데, 마치 주먹을 쥔 이 자세가 그에게는 가장 중요한 것이며, 그것을 위해서는 목숨마저 바칠 용의가 있다는 듯한 태도였다. 거기에 지금 그의 모든 힘이, 심지어 그를 꿋꿋하게 지탱해 주는 힘까지도 담겨 있었다.

그러니까 이제 적이 나타난 것이었다. 단정한 제복 차림의 그는 당당하고 활기찼으며, 장부 한 권을 옆구리에 끼고 있었다. 아마도 그것은 화부의 임금 명세서와 작업 보고서였을 것이다. 그는 거리낌 없는 태도로, 여기 있는 이들의 기분을 무엇보다 먼저 파악하려는 듯, 모든 사람의 눈을 차례차례 바라보았다. 이 일곱 사람은 이미 모두 그의 편이었다. 설령 선장이 예전에는 그에 대해 어떤 이의를 품었거나 혹은 단지 거짓으로 그런 체했을 뿐이라 하더라도, 화부가 자신에게 끼친 고통을 겪은 지금에 와서는, 아마도 슈발이 조금도 흠잡을 데 없는 사람으로 보였을 터였기 때문이다. 화부 같은 사람에게는 무엇보다 엄격하게 대처해야 했고, 슈발에게 무언가 비난할 점이 있다면, 그것은 오히려 그가 지금까지 화부의 반항적인 태도를 완전히 꺾지 못하는 바람에 오늘처럼 감히 선장 앞에까지 나타나는 사태가 벌어졌다는 점이었다.

이제 어쩌면 화부와 슈발의 대결은 상급 공청회에서나 얻을 만한 효과를 이 사람들 앞에서 거두게 될 것이라고 추측해 볼 수도 있었다. 왜냐하면 슈발은 물론 교묘히 감정을 숨길 줄 알았지만, 결코 끝까지 그렇게 버틸 수는 없을 게 분명했기 때문이다. 그의 사악한 면모가 한순간이라도 드러나기만 한다면, 그것으로도 이 자리에 있는 높으신 분들이 알아차리기에는 충분할 것이며, 카를은 일이 그렇게 되도록 애쓸 작정이었다. 카를은 이미 그분들의 통찰력과 약점, 유별난 기질 등을 얼추 파악하고 있었고, 그런 점에서 볼 때 지금까지 이 방에서 보낸 시간이 헛된 것만은 아니었다. 다만 화부가 조금만 더 잘 처신해 주었다면 좋았을 텐데, 그는 지금 완전히 전투 불능 상태인 것처럼 보였다. 만일 누가 그 앞에 슈발을 데려놓았다면 주먹으로 녀석의 밉살스런 머리통을 박살낼 수도 있었을 테지만, 지금은 그자에게 몇 걸음 다가가는 일조차 거의 불가능한 형편이었다. 왜 그토록 명백하게 예상할 수 있었던 이 상황을 카를은 미리 예상하지 못했던 것일까? 슈발이 반드시 올 거라는 것을, 그것도 설령 슈발이 스스로 오지 않더라도, 선장이 부르면 당연히 오고야 말 것이라는 자명한 사실을 말이다. 왜 그는 오는 길에 화부와 함께, 제대로 된 작전 계획도 없이, 그저 문이 보이는 대로 무턱대고 들어서기만 했던가? 과연 화부는 지금이라도 말을 할 수 있을까, 물론 아주 유리한 경우에만 열리게 되는 반대신문을 받을 때 화부가 과연 꼭 필요한 '예'와 '아니오'를 제대로 대답할 수 있을까? 그는 그저 두 다리를 벌리고, 무릎을 약간 구부린 채, 고개를 들고 서 있는 상태였고, 벌어진 입으로 공기가 들락날락거렸다. 그 모습이 마치 몸 안에 공기를 처리해 줄 폐조차 남아 있지 않는 듯했다.

그러나 카를은 지금 이 순간, 아마도 고향에 있을 때는 한 번도 느껴보지 못했던 것 같은데, 아주 정신이 맑고 기운이 넘쳤다. 부모님이 만약 그를 지금 본다면, 그가 이 낯선 땅에서, 지체 높은 양반들 앞에서 선을 위해 싸우고, 비록 아직 승리를 쟁취하진 못했을지라도, 최후의 제패를 위해 모든 준비를 완벽하게 갖춘 모습을 본다면? 그랬다면 어땠을까? 부모님은 과연 그에 대한 생각을 바꾸시게 되지 않을까? 그를 자신들 사이에 앉히고 칭찬해 주지 않을까? 한 번, 단 한 번이라도, 부모님에게 복종할 뜻을 간직한 그의 눈을 똑바로 들여다봐 주지 않을까? 불확실한 질문들이었다. 그런 질문들을 던지기에 이보다 더 부적절한 순간은 없으리라!

"제가 여기에 온 것은, 화부가 제게 어떤 부정직한 행위를 저질렀다는 죄를 뒤집어씌울 것 같아서입니다. 주방에서 일하는 한 아가씨가, 그가 이쪽으로 오는 걸 봤다고 전해주었습니다. 선장님, 그리고 여기에 계신 신사 여러분. 저는 기꺼이 어떤 모함에 대해서도 제 서류를 통해서, 필요하다면 문밖에 대기 중인 공정하고도 객관적인 증인들의 진술을 통해서라도, 그 모든 혐의를 반박할 준비가 되어 있습니다.”

이것이 바로 슈발의 말이었다. 분명히, 이건 한 남자의 명확한 언설이었다. 듣고 있던 사람들의 표정이 변해가는 모습을 보면, 마치 오랜만에 다시 처음으로 인간다운 목소리를 들었다는 인상이었다. 물론 그들은 눈치채지 못했다. 이 훌륭한 발언 속에도 허점은 여러 군데 존재했다. 왜 하필 그의 머릿속에 떠오른 첫 번째 실질적인 단어가 '부정직'이었을까? 혹시 그에 대한 고발은 그의 민족적 편견에서 시작할 게 아니라, 바로 이 지점에서부터 시작되었어야 했던 것 아닐까? 단지 주방 아가씨 하나가 사무실로 가는 화부를 봤는데, 슈발이 이를 금방 알아차렸다고? 그가 사태를 예리하게 알아챈 분별력은 혹시 그것이야말로 죄의식 때문 아니었을까? 그래서 그는 곧바로 증인들까지 데려왔고, 그들을 군이 "공정하고도 객관적인 증인들"이라고까지 불렀던 것일까? 이건 사기다. 틀림없는 사기 그 이상도 이하도 아니다. 그런데도 높으신 양반들은 그것을 묵인했고, 심지어 바람직한 행동으로 인정까지 한단 말인가? 그는 분명, 주방 아가씨의 말을 들은 뒤부터 지금 이곳에 도착하기까지 아주 긴 시간을 흘려보냈는데, 왜 그랬을까? 그렇게 함으로써 전적으로 화부가 이 사람들을 지치게 만들어서, 슈발이 무엇보다도 두려워하는 높은 분들의 명확한 판단력을 점점 잃게 만들려는 그 목적을 이루려는 속셈 아니었을까? 분명히 슈발은 문밖에서 오랫동안 기다리다가 저 신사분의 대수롭지 않은 질문으로 이제 화부가 끝장났다고 기대해도 좋은 바로 그 순간에 노크를 했던 것이 아닐까?

모든 것이 명백했다. 심지어 슈발 자신조차도 마지못해 그 모든 것을 드러냈다. 그러나 높은 분들에게는 그것을 좀 더 다르게, 즉 손에 잡힐 듯 훨씬 구체적으로 파악할 수 있게 말해야만 했다. 그들의 생각을 흔들어 깨울 자극이 필요했다. 그러니, 카를, 서둘러라. 증인들이 들어와 모든 것을 뒤덮어 버리기 전에 지금 이 순간만이라도 최대한 활용하는 거야!

그런데 바로 그때, 선장이 슈발에게 손짓을 하며 물러나게 했고, 슈발은 즉시—아마도 자기 용무가 잠시 유보되었다고 판단한 듯—한쪽으로 비켜섰다. 그러고는 금방 자기를 따르는 사환과 함께 낮은 목소리로 대화를 나누기 시작했다. 그러면서 힐끗힐끗 화부와 카를을 곁눈질하기도 하고 완전히 자기 확신에 찬 손동작을 하기도 했다. 그런 식으로 슈발은 다음에 있을 자신의 '장엄한 연설'을 미리 연습하는 것처럼 보였다.

"야코프 씨, 여기 이 젊은이에게 무언가 물어보시려던 게 아니었나요?" 선장이 정적 속에서 대나무 막대를 든 신사에게 물었다.

"물론이지요." 신사는 선장이 관심을 가져준 데 대해 가볍게 고개를 숙여 감사의 뜻을 표하며 대답했다. 그리고 카를에게 다시 한번 물었다.

"자네 이름이 대체 뭐라고요?"

카를은, 뜻밖에 끼어든 이 집요한 질문자의 문제부터 되도록 빨리 해결하는 것이 가장 중요한 본래 사안을 위해 유리할 것이라고 생각하고는, 평소처럼 먼저 여권을 꺼내 보이며 자기소개를 하는 대신 짧고 간단히 대답했다. 여권을 찾으려면 시간이 걸릴 터였다.

"카를 로스만입니다."

"설마." 야코프라 불린 남자는 처음엔 믿을 수 없다는 듯 미소 지으며 한 걸음 물러섰다. 선장도, 회계주임도, 항해사도, 심지어 사환까지도 카를의 이름을 듣고는 분명 과도한 놀라움을 드러냈 다. 항만청 직원들과 슈발만은 대수롭지 않다는 표정을 지었다.

"설마." 야코프 씨는 같은 말을 되풀이하면서 약간 뻣뻣한 걸 음으로 카를에게 다가갔다.

"그렇다면 내가 너의 외삼촌 야코프고, 너는 내 사랑스런 조카 가 아니겠느냐! 어쩐지 아까부터 내내 그런 예감이 들더라니!"

야코프는 선장 쪽을 보면서 이렇게 말한 후 카를을 껴안고 입맞춤을 했다. 카를은 아무 말 없이 그가 하는 대로 가만히 있었다.

"존함이 어떻게 되신다고요?" 카를은 그 품에서 풀려나자마자 매우 공손하지만 전혀 동요하지 않은 태도로 물었다. 그리고 이 새로운 사태가 화부에게 어떤 결과를 가져올지를 미리 가늠하려 애썼다. 지금까지로 보아선, 이 일로 슈발이 무슨 이득을 보게 될 것 같지는 않았다.

"이보게 젊은이, 그대는 지금 자신이 얼마나 큰 행운을 얻게 되었는지를 좀 알아두시게." 선장은 말했다. 카를의 질문이 야코 프 씨라는 인물의 위엄을 손상시켰다고 생각한 듯했다. 야코프 씨는 창 쪽으로 돌아서서, 흥분해서 상기된 얼굴을 다른 사람들 이 보지 않도록 손수건으로 가볍게 두드리고 있었다. 선장이 계 속 말했다.

"저분은 에드바르트 야코프 상원의원이시며, 지금 자네에게 자신이 외삼촌임을 밝히신 거라네. 이제 자네는 아마도 지금껏 기대했던 것과는 전혀 다르게 찬란한 인생 항로를 맞이하게 될 걸세. 그 인생이 어떨지 지금은 처음이라 실감이 안 날 수도 있 겠지만, 최대한 잘 생각해서 깨닫도록 해보시게. 마음을 차분히 가라앉히고 말일세.”

“물론 미국에 야코프라는 외삼촌이 한 분 계시긴 합니다.” 하 고 카를은 선장에게 돌아서며 말했다. “하지만 제가 제대로 알아 들었다면, 이분 상원의원님의 야코프는 단지 성씨인 것 같던데 요.”

“그건 그렇다네.” 하고 선장은 기대에 찬 목소리로 말했다.

“그런데 제 외삼촌 야코프, 그러니까 제 어머니의 오빠 되시는 분은 세례명이 야코프입니다만, 당연히 외삼촌의 성은 ‘벤델마 이어’라는 어머니의 결혼 전 성과 같아야 하겠지요.”

“신사 여러분!” 하고 창가 자리에서 쉬면서 생기를 되찾은 상 원의원이 카를의 설명과 관련하여 크게 외쳤다. 그러자 항만청 직원들을 제외한 모든 사람이 일제히 웃음을 터뜨렸다. 어떤 이 들은 감동한 듯 웃었고, 어떤 이들은 왜 웃는지 그 속을 헤아릴 수 없었다.

‘내가 방금 한 말이 그렇게 우스운 게 아니었는데.’ 하고 카를 은 생각했다.

“신사 여러분.” 상원의원이 다시 되풀이해서 말했다. “여러분 은 지금 저의 뜻과 다르게, 그리고 여러분 자신의 뜻과도 다르게 한 작은 가족사 속에 말려들게 되었습니다. 그런데 제 생각에 이 사정을 확실히 알고 계신 분은 이 자리에서 선장님 한 분뿐이기 때문에, 여러분에게 이 자리를 빌려 자세한 설명을 드리지 않을

수 없군요." 선장님 한 분뿐이라는 말이 나오자 양측은 서로 고개를 숙였다,

'이제 정말 한 마디 한 마디를 주의 깊게 들어야겠어.' 하고 카를은 속으로 말했다. 그러면서 옆을 흘끗 보았을 때 화부의 안색에 다시 생기가 돌기 시작한 것을 알아차리자 무척 기뻐했다.

"제가 미국에 체류하게 된 오랜 세월 내내―'체류'라는 말은 뼛속까지 미국 시민이 된 저에게는 잘 어울리지 않습니다만― 아무튼 그 긴 세월 동안 저는 유럽에 있는 친척들과는 완전히 연락을 끊고 살았습니다. 몇 가지 이유가 있습니다만, 첫째로 여기서 언급할 성질의 것이 못 되고, 둘째로 그 이야기를 하다 보면 저 자신이 너무 힘들 것 같습니다. 심지어 제 소중한 조카에게 그 사연을 털어놓아야 할 순간이 올까 봐 두렵습니다. 그럴 경우 유감스럽게도 제 조카의 부모와 그들의 일가친척에 대해 솔직하게 털어놓는 것을 피하지 못할 테니까요."

'이분은 내 외삼촌이 맞아, 틀림없어.' 하고 카를은 속으로 생각하며, 그의 이야기에 귀를 기울였다. '아마 이름을 개명했을 거야.'

"제 조카는 그의 부모에 의해―이 사건을 아주 정확히 표현할 수 있는 단어를 굳이 택하자면―그냥 쫓겨났습니다. 마치 성가신 고양이를 문밖에 내던지듯이 말입니다. 물론 조카가 무슨 일을 저질러서 그런 벌을 받게 됐는지 미화하고 싶은 생각은 추호도 없습니다만, 그가 저지른 잘못이란 그것을 단지 잘못이라고 언급하는 것만으로도 이미 그 안에 충분히 용서가 포함되어 있는 그런 대수롭지 않은 일이지요."

'그 말은 조금 들을 만하네.' 하고 카를은 생각했다. '하지만 굳

이 모두에게 떠들 필요는 없는데 말이야. 게다가 외삼촌이 그걸 어떻게 알 수 있었을까? 대체 어디서 들어 아시겠어?'

"제 조카는 말입니다." 하고 외삼촌은 계속해서 말했다. 그러면서 그는 허리를 약간 굽혀 앞에 받쳐놓은 대나무 막대에 몸을 가볍게 기댔고, 이런 자세를 취함으로써 평소 같으면 이런 이야기에 반드시 따르게 마련인 불필요한 엄숙한 분위기를 걷어내는 데 성공했다.

"제 조카는 말이죠. 어떤 하녀에게 유혹당했던 것입니다. 요한나 브루머라는 서른다섯쯤 되는 여자에게 말입니다. 물론 제가 '유혹당했다'는 말을 써서 제 조카를 모욕하려는 것이 전혀 아닙니다만, 달리 이보다 더 적절한 표현을 찾기 힘든 것이 사실입니다."

카를은 이미 꽤 가까이 외삼촌 곁으로 다가와 있었으나, 이 이야기가 다른 사람들에게 어떤 인상을 주었는지를 그들의 얼굴에서 읽어내기 위해 몸을 돌려 살폈다. 아무도 웃지 않았고, 모두가 인내심 있게 진지한 태도로 이야기를 듣고 있었다. 결국 처음으로 웃을 좋은 기회에 상원의원의 조카를 비웃는 사람은 아무도 없었다. 오히려 화부가 거의 눈에 띄지는 않았지만 아주 약간 미소를 지었다고 말할 수 있을 것이다. 하지만 이 미소는 첫째로는 그의 생기가 되돌아오고 있다는 신호로 반갑게 여겨질 일이었고, 둘째로는 용서할 만한 일이었다. 이제는 공공연히 드러난 이 이야기를 카를이 선실 안에서는 하나의 특별한 비밀로 간직하려고 했기 때문이다. 삼촌은 말을 계속했다.

"그런데 이 브루머라는 하녀는 제 조카의 아이를 낳게 되었답니다. 건강한 사내아이로, 세례를 받을 때 '야코프'라는 이름을 얻었지요. 틀림없이 변변치 못한 저를 염두에 두고 지은 이름일 겁니다. 제 조카가 그녀에게 이런저런 지엽적인 이야기를 하던 중에 저에 대해 언급했을 때, 아무리 그것이 대수롭지 않은 말이었다 해도, 그녀에게는 강한 인상을 남겼던 것이 분명합니다. 다행스러운 일이지요. 왜냐하면 조카의 부모는 양육비 부담이나 혹은 자신들에게까지 불똥이 튈 만한 추문을 피하고자—여기서 강조하건대, 저는 그곳의 법률도, 그 부모의 사정도 전혀 모릅니다만—어쨌든 그 부모는 그러한 이유로, 즉 양육비 부담과 추문을 피하기 위해 자신의 아들이자 제 사랑하는 조카를 미국으로 떠나보낸 겁니다. 그것도 보시다시피 무책임하게 충분한 채비도 갖추어주지 않은 채 말입니다. 그런 처지에 놓인 아이가, 미국에 아직도 존재하는 기적과 같은 일들이 아니라면, 혼자의 힘으로 어찌 살아남을 수 있겠습니까! 아마 얼마 못 가 뉴욕 항구의 어느 뒷골목에서 타락해 버렸을 겁니다. 만약 그 하녀가 제게 쓴 편지, 수신인을 찾지 못해 엉뚱한 곳을 전전하다가 이틀 전에 비로소 제 손에 들어온 그 편지에, 제 조카의 인상착의와 더불어 현명하게도 그가 탔던 배의 이름 등을 비롯한 그간의 이야기를 저에게 모조리 알려주지 않았더라면 말입니다. 제가 여러분, 신사 여러분을 즐겁게 해드릴 생각이었다면, 그 편지의 몇 구절을 낭독해 드릴 수도 있을 겁니다."

그는 호주머니에서 빽빽하게 적힌 큼지막한 편지지 두 장을 꺼내 흔들어 보이며 말을 이었다.

"이 편지는 다소 소박하긴 해도 약간은 속이 들여다보일 정도의 약삭빠름과 자기 아이의 아버지를 향한 깊은 애정으로 쓰였기 때문에 확실히 효과가 있을 겁니다. 하지만 저는 사건을 해명하는 데 필요 이상으로 여러분을 즐겁게 해드리고 싶지도 않고, 어쩌면 그 편지를 반갑게 받아들일 정도로 제 조카가 아직 가지고 있을지도 모를 감정을 건드려, 그를 불쾌하게 하고 싶지도 않습니다. 조카가 원한다고 하면 이미 그를 기다리고 있는 자신의 방에서 혼자 조용히 그 편지를 읽으면서 성찰의 시간을 가지면 되지요."

그러나 카를은 그 하녀에 대해 아무런 감정도 갖고 있지 않았다. 점점 멀어지는 과거의 혼잡한 기억 속에 그녀는 부엌 찬장 옆에 앉아 있었고, 그 찬장의 상판에 팔꿈치를 괴고 있었다. 카를이 때때로 아버지에게 드릴 물잔을 가지러 오거나 어머니의 심부름을 하러 부엌에 들어올 때면 그녀는 그를 물끄러미 쳐다보았다. 가끔씩 그녀는 부엌 찬장 옆에서 불편한 자세로 편지를 쓰곤 했는데, 그때는 카를의 얼굴을 보고 영감을 얻기도 했다. 어떤 때는 손으로 눈을 가리고 있었는데, 그러면 그는 그녀에게 말을 걸지 않았다. 또 어떤 때에는 부엌 옆에 딸린 자신의 좁은 방에서 무릎을 꿇고 나무 십자가 앞에 기도를 올리곤 했는데, 그러면 카를은 지나가면서 문이 조금 열린 틈 사이로 아주 수줍어하며 그녀를 살펴보았다. 가끔은 부엌 안을 이리저리 뛰어다니다가 카를이 길을 막으면 마녀처럼 깔깔 웃으면서 뒤로 흠칫 물러나기도 했다. 또 어떤 때에는 카를이 부엌에 들어오면 부엌문을 잠가버리고는, 그가 나가겠다고 애걸복걸할 때까지 문고리를 꽉 붙잡고 있었다. 때로는 카를이 전혀 원하지도 않은 물건을 가져와 말없이 그의 손에 쥐여주기도 했다. 그러던 어느 날, 그녀는 "카를!"이라고 부르더니 예상치 못한 호명에 놀라 어리둥절한 그를 데려갔는데, 그녀는 찌푸린 얼굴로 한숨을 푹 내쉬고는 그를 자신의 그 작은 방으로 데려갔다. 그리고 문을 잠가버렸다. 그녀는 조르듯이 그의 목을 껴안았고, 그에게 자신의 옷을 벗겨 달라고 애원해 놓고서 실제로는 자신이 그의 옷을 벗기기 시작해 결국 자신의 침대에 눕혔다. 마치 지금부터는 그를 어느 누구에게도 내주지 않고, 그를 세상이 끝날 때까지 어루만지고 돌보겠다는 듯이 말이다. "카를, 오 내 사랑, 카를!" 하고 그녀는 그를 바라보며 그가 마치 자기 소유임을 확인하려는 듯 외쳐댔다. 반면에 카를은 그녀를 아예 보지 않고, 그녀가 아마도 그를 위해 특별히 준비해 놓은 듯 수북이 쌓아놓은 따뜻한 침구류 속에서 불편하게 몸을 웅크리고 있었다. 그녀는 그를 향해 자기 몸도 침대에 누이고는 그에게서 무언가 은밀한 속삭임을 기대했지만, 카를은 그녀에게 아무 말도 해줄 수 없었다. 그러자 그녀는 농담인지 진심인지 모를 화를 내더니 그를 이리저리 흔들어보고는, 그의 가슴에 귀를 대고 심장박동 소리를 들었으며, 카를도 똑같이 자기 심장박동에 귀 기울여 보라고 젖가슴을 내밀었다. 그래도 카를은 응하지 않았다. 그러자 그녀는 자신의 벌거벗은 배를 그의 몸에 밀착시키고, 한 손으로 그의 두 다리 사이를 더듬었다. 카를은 너무 역겨워 머리와 목을 흔들며 베개 밖으로 빠져나오고자 몸부림쳤다. 이어서 그녀는 배를 그의 몸에 몇 번이나 비벼댔다. 그러자 카를은 그녀가 마치 자기 몸의 일부인 듯한 느낌을 받았다. 아마 그 때문이었을 것이다. 그는 참담한 무력감에 사로잡혔다. 다시 만나기를 소망한다는 그녀의 말을 수차례 들은 후에 마침내 카를은 울면서 자기 침대로 돌아왔다. 이것이 전부였다. 그런데도 외삼촌은 그 일을 하나의 대단한 이야깃거리로 만들어냈다. 그리고 그 하녀는 결국 카를의 외삼촌을 생각해

냈으며 그에게 카를의 도착을 알렸던 것이다. 이 일은 그녀가 멋지게 처리한 셈이니 카를은 언젠가 다시 한번 그녀에게 신세를 갚아야 할지도 모른다.

상원의원이 큰 소리로 이렇게 말했다.

"그럼 이제 내가 네 외삼촌인지 아닌지, 너한테 솔직한 이야기를 들어보고 싶구나."

"제 외삼촌이 맞습니다."

카를이 이렇게 말하면서 그의 손에 입을 맞췄으며, 그러자 외삼촌은 카를의 이마에 입맞춤을 해주었다.

"외삼촌을 뵙게 되어 정말 기쁩니다. 하지만 제 부모님이 외삼촌에 대해 나쁘게만 말씀하셨다고 생각하신다면, 그건 오해입니다. 그리고 그것과는 별개로, 외삼촌의 말씀 중에는 몇 가지 오류가 있었습니다. 그러니까 제 말씀은, 모든 일이 삼촌이 말씀하신 것처럼 실제로는 그런 것이 아니었다는 겁니다. 게다가 여기 계신 분들은 어차피 그 일에 큰 관심이 있는 것도 아니니, 조금 부정확한 정보가 전달되었다고 해서 특별히 손해되는 일은 없을 거라고 생각합니다."

"잘 말해주었구나." 하고 상원의원은 말하며, 눈에 띄게 카를에게 관심을 보이는 선장의 앞으로 데려갔다. 그리고 선장에게 물었다. "제 조카, 멋지지 않소?"

선장은 군대식 훈련을 받은 사람만이 할 수 있는 인사를 하면서 이렇게 말했다.

"상원의원님, 제가 운이 좋습니다. 의원님의 이런 훌륭한 조카분을 알게 되어서 말입니다. 이런 상봉의 장소를 마련할 수 있었던 것은 우리 배로서도 특별한 영광입니다. 하지만 삼등 선실의 승객으로 항해를 하느라 여러 가지 불편한 점이 많았을 겁니다. 하긴 거기에 누가 타고 있는지 우리가 어찌 알겠습니까? 물론 우리는 삼등 선실의 승객들도 가급적 편안하게 여행할 수 있도록 모든 가능한 노력을 하고 있습니다. 예컨대 미국 해운회사들보다도 훨씬 더 노력하죠. 하지만 삼등 선실에 머물면서도 여정을 즐겁게 만드는 데는 아직까지도 성공하지 못하고 있습니다."

"저는 그다지 나쁘지 않았어요." 하고 카를이 말했다.

"그다지 나쁘지 않았다는군!" 상원의원은 큰 소리로 웃으며 되풀이했다.

"다만 제 트렁크를 잃어버리지 않았나 하는 걱정뿐입니다"라고 말하면서, 카를은 지금까지 일어났던 일들과 아직 더 처리해야 할 남은 일들을 모두 떠올렸다. 그리고 주위를 둘러보자, 방 안의 모든 사람이 조용히 전과 같은 자기 자리에 앉아 그를 향해 존경과 경탄의 시선을 보내는 것을 깨닫게 되었다. 다만 항만청 직원들은, 그들의 자기만족에 빠진 근엄한 얼굴에서 파악한 바로는, 이렇게 부적절한 시간에 여기에 온 것을 유감스러워하는 듯 보였다. 십중팔구 그들에게는 자기들 앞에 놓여 있는 회중시계가 이 방 안에서 벌어진 모든 일과 앞으로 일어날지도 모르는 모든 일보다 훨씬 더 중요한 듯했다.

선장 다음으로 카를에게 감사를 표현한 첫 번째 사람은 뜻밖에도 바로 그 화부였다. "진심으로 축하합니다." 그는 그렇게 말하며 카를과 악수했다. 그것은 일종의 인정을 표현하고자 함이었다. 그가 이어 같은 말로 상원의원에게도 축하를 건네려 다가서려고 하자, 상원의원은 한 걸음 물러섰다. 마치 화부가 자신을 향해 넘지 말아야 할 선을 넘으려는 것처럼 느껴졌기 때문이다.

화부는 즉시 그 손짓을 거두었다.

하지만 나머지 사람들은 이제 어떻게 해야 할지 깨닫고는 곧장 카를과 상원의원 주위로 한데 몰려들며 어수선한 상황을 만들었다. 일이 그렇게 되자 카를은 얼떨결에 슈발의 축하 인사까지도 받았고, 그것을 받아들이며 감사의 뜻을 전했다. 다시금 조용한 분위기가 돌아오자 마지막으로 항만청 직원들이 다가와 영어로 한두 마디 말을 건넸는데, 그것은 어딘가 우스꽝스러운 인상을 주었다.

상원의원은 이제 그 흡족함을 한껏 누리기 위해, 이 만남과 관련된 부차적인 에피소드들까지 자신과 다른 사람들에게 상기시키고픈 흐뭇한 기분에 젖어들었다. 그리고 놀랍게도 모두가 그것을 지루해하기는커녕 흥미롭게 받아들였다. 그래서 그는 하녀의 편지에서 언급된 카를의 외모 중 눈에 띄는 특징들을 혹시 필요할 때 금방 확인할 수 있도록 수첩에 적어두었다는 사실에 주목하게 했다. 그는 화부가 알맹이도 없는 듣기 힘든 수다를 떠벌리는 동안 순전히 기분 전환을 위해 그 수첩을 꺼내들었는데, 물론 탐정의 눈으로 보면 별로 정확하다고 할 수 없는 하녀의 관찰 내용들을 장난삼아 카를의 외모와 연결시켜 보고자 했던 것이다.

"그렇게 해서 제가 조카를 찾게 되었지요!" 그는 말끝에 그렇게 덧붙이며, 또 한 번 축하를 받고 싶다는 듯한 어조로 말을 맺었다.

"화부는 이제 어떻게 되는 건가요?" 하고 카를이 외삼촌의 마지막 말에는 아랑곳하지 않고 물었다. 그는 이제 자신이 새로운 위치에 올랐다고 생각했고, 그러니 자신이 생각하는 것을 거리낌 없이 말해도 된다고 여겼다.

"화부는 마땅히 응분의 처분을 받게 되겠지." 하고 상원의원이 말했다. "그리고 그건 선장님이 알아서 잘 판단하시겠지. 화부 얘기는 이제 충분한 것 같아. 아니, 이제 정말로 진절머리가 날 지경이야. 이 점에 대해서는 여기에 계신 분들 누구나 내 말에 틀림없이 동의하실 거야."

"하지만 이건 정의의 문제잖아요. 거기에 동의하는 사람이 많고 적고는 중요하지 않죠." 카를이 말했다. 그는 외삼촌과 선장 사이에 서 있었고, 이러한 위치 덕분인지 자신이 결정권을 쥐고 있다고 생각했다.

그럼에도 불구하고 화부는 더 이상 자신에게 희망이 없다고 여기는 듯했다. 그는 양손을 허리띠 안쪽에 반쯤 찔러 넣고 있었는데, 그의 격렬한 몸짓 탓에 허리띠가 셔츠의 줄무늬와 함께 드러나 보였다. 하지만 그는 그런 것에 전혀 신경 쓰지 않았다. 그는 이미 자신의 모든 고통을 털어놓았다. 사람들은 그가 몸에 걸친 초라한 옷가지까지도 봐야 했으니 그다음엔 그를 끌어내기만 하면 되는 일이었다. 그는 마음속으로 생각했다. 이 방에서 가장 지위가 낮은 두 사람인 사환과 슈발이 그를 밖으로 끌어내는 마지막 호의를 자신에게 베풀어 주겠지. 그렇게 되면 슈발은 안정을 얻어 회계주임이 앞서 말한 대로 더 이상 절망 상태에 빠지는 일이 없을 테고, 선장은 루마니아 사람들만 채용하면 될 것이며, 배 안에서는 모두 루마니아어로 말하게 될 테지, 그러면 오히려 모든 일이 더 잘 돌아갈지도 모른다. 화부가 회계과에 들어와서 떠들어대는 일도 더 이상 없을 것이고, 다만 자신이 늘어놓던 마지막 수다는 상당히 정겨운 기억으로 남게 될 것이다. 왜냐하면 상원의원이 명확히 말했듯이 바로 그 수다가 조카를 발견하게 한 간접적 계기가 되었으니까 말이다. 그런데 이 조카는 사실 이전에도 여러 번 자신에게 도움이 되려고 애썼고, 그 때문에 자신의 신분이 드러나도록 그가 기여한 점에 대해 이미 넘치도록 충분히 감사의 뜻을 표했다. 하지만 화부는 지금 카를에게서 더 이상 무언가를 바라고 싶은 생각이 전혀 들지 않았다. 어쨌든 카를이 상원의원의 조카인 건 사실이지만, 선장은 아니지 않은가. 결국 모든 것을 결정짓는 험한 말은 선장의 입에서 나올 것이다. 화부는 그렇게 생각했다. 그래서 그는 카를 쪽을 쳐다보려고도 하지 않았지만, 유감스럽게도 적들로 가득한 이 방 안에서는 자신의 시선을 편히 쉬일 다른 안식처는 하나도 없었다.

"상황을 오해하지 않도록 해라." 상원의원이 카를에게 말했다. "어쩌면 정의의 문제가 중요할지 모르지만, 동시에 규율의 문제도 중요하지. 이 두 가지, 특히 후자는 여기서 전적으로 선장님의 판단에 달려 있는 거야."

"그야 그렇지요." 하고 화부가 중얼거렸다. 그 말을 듣고 의미를 이해한 사람은 어쩐지 당혹스러운 웃음을 지었다.

"게다가 우리는 뉴욕항에 도착하자마자 업무가 산더미처럼 쌓일 게 분명한 선장님을 이미 너무나 방해했으니 지금이 바로 우리가 시간 끌지 말고 배에서 나가야 할 때다. 그리고 또 지극히 불필요한 일에 괜히 쓸데없이 참견해서 두 기계공 간의 이 사소한 말다툼을 특별한 사건으로 만들지 않기 위해서라도 우리는 배에서 나가야 해. 얘야, 아무튼 나는 네가 일을 처리하는 방식을 완벽하게 파악하고 있단다. 하지만 바로 그렇기 때문에 너를 지금 이 자리에서 얼른 데리고 나갈 권리가 주어졌다고 생각해."

"두 분을 위해 당장 보트 한 척을 띄우라 하겠습니다." 하고 선장이 말했다. 그리고 카를에게 놀라운 사실은, 분명 겸손의 표현으로 여길 수 있는 외삼촌의 그 말에 선장이 전혀 반박하지 않았다는 점이었다. 회계주임이 황급히 책상 쪽으로 달려가 선장의 명령을 갑판장에게 전화로 전달했다.

'이제 시간이 촉박해졌어.' 하고 카를은 생각했다. '하지만 모두를 불쾌하게 만들지 않고는 아무것도 할 수 없어. 이제 막 나를 다시 찾아낸 외삼촌을 지금 와서 저버릴 수는 없지. 선장은 예의 바르긴 하지만 그게 다야. 규율에 관한 문제라면 그 예의조차도 온데간데없어져. 그러니 외삼촌은 그 점을 정확히 짚어낸 거야. 슈발하고는 이야기하고 싶지 않아. 그에게 악수를 건넨 것도 후회될 지경이야. 이곳의 다른 사람들은 모조리 허섭스레기 같은 자들이야.'

그는 이런 생각에 잠긴 채 천천히 화부에게 다가가 그의 허리띠 속에 꽂힌 오른손을 빼내 잡고는 장난치듯 만지작거렸다.

"왜 아무 말도 안 해요?" 카를이 물었다. "왜 모든 걸 감수하려고 하는 거예요?"

화부는 마치 자신이 말해야 할 적당한 표현을 찾고 있는 것처럼 이마를 찡그릴 뿐이었다. 그리고 시선은 카를과 자신의 손 위에 머물렀다.

"당신은 이 배에서 누구보다 부당한 일을 당했어요. 그건 나도 잘 알고 있어요."

카를은 자신의 손가락을 화부의 손가락 사이에 끼웠다 뺐다 하며 말했다. 그러자 화부는 눈을 반짝이며 주위를 둘러보았는데, 마치 자신에게 어떤 환희가 밀려오는 것을 나쁘게 생각할 사람은 아무도 없다고 여기는 것 같았다.

"당신은 스스로를 방어하지 않으면 안 돼요. '예'와 '아니오', 그걸 분명히 말해야 해요. 그렇지 않으면 사람들은 진실을 전혀 알 수 없어요. 내 말을 따르겠다고 약속해 줘요. 여러 가지 이유로 내가 당신을 더는 도울 수 없을 것 같아서 그래요."

그러면서 카를은 화부의 손등에 입을 맞추더니 눈물을 터뜨렸다. 그러고는 거칠고 거의 생기를 잃은 그의 손을 자신의 양 뺨에 가져다댔는데, 그 모습이 마치 이제는 포기해야 하는 어떤 보물을 대하는 것 같았다.

그러나 바로 그때, 상원의원인 외삼촌이 그의 곁으로 와서 아주 미약하게나마 강제적으로 그를 끌고 나갔다.

"저 화부가 널 매혹시킨 모양이구나." 외삼촌은 그렇게 말하고는 카를의 머리 너머로 선장에게 의미심장한 눈빛을 보냈다. "너는 버림받았다고 느꼈겠지. 그때 화부를 만나서 지금 그에게 고마움을 느끼고 있는 것일 테고. 참으로 칭찬받을 일이야. 하지만 너무 지나치지 마. 나를 위해서라도 너의 처지를 깨닫도록 하렴."

문 밖에서 시끌시끌한 소란이 일었다. 누군가가 소리치고 있었고, 누군가는 심지어 문에 몸을 거칠게 부딪치는 듯한 소리도 들렸다. 다소 사납게 생긴 선원 하나가 들어섰는데, 여자 앞치마를 두르고 있었다.

"밖에 사람들이 와 있습니다!" 그는 소리쳤다. 그리고 마치 아직도 자신이 혼잡한 무리 속에 있는 듯 팔꿈치를 좌우로 휘둘렀다. 마침내 그는 정신을 차리고 선장에게 거수경례를 하려 했지만, 그 순간 앞치마를 알아차리고는 그것을 획 벗어 바닥에 던지며 외쳤다.

"정말 역겹군요, 나한테 이런 여자 앞치마를 입혀놓다니!"

그러고는 구두 뒤축을 딱 붙이며 선장에게 경례를 했다. 누군가 웃으려 했지만, 선장은 근엄한 어조로 말했다.

"다들 기분이 좋은 모양이구먼. 밖에 있는 사람들은 누구지?"

"제 증인들입니다." 하고 슈발이 앞으로 나서며 말했다. "저들의 부적절한 행동에 대해 부디 용서해 주시기 바랍니다. 뱃사람들은 항해를 마치고 돌아오면 가끔은 미친 듯이 행동하곤 하죠."

"저들을 당장 불러들이시오!"

선장이 명령했다. 그리고 곧장 상원의원 쪽으로 몸을 돌려 정중하면서도 재빠르게 말했다.

"존경하는 상원의원님, 조카분과 함께 지금 이 선원을 따라가 주실 수 있겠습니까? 보트까지 두 분을 안내해 드릴 겁니다. 상원의원님, 의원님과 이렇게 개인적으로 알게 된 것이 저에게 얼마나 큰 기쁨과 얼마나 큰 명예를 안겨주었는지 제가 굳이 말씀드릴 필요도 없을 겁니다. 조만간 기회가 된다면, 의원님과 오늘 미처 마치지 못한 미국의 선박 현황에 대한 대화를 이어갈 수 있기를, 그러다가 어쩌면 오늘처럼 또다시 유쾌한 방식으로 얘기가 중단되기를 바랄 뿐입니다."

"당분간은 이 조카 하나로 충분합니다." 외삼촌이 웃으며 말했다. "그럼 당신이 베풀어주신 호의에 진심으로 감사하다는 제 말씀을 받아주시고, 부디 몸 건강히 지내십시오. 아마 다음 번 유럽 여행 때는 좀 더 오래 함께할 수 있을지도 모르죠. 전혀 불가능한 일은 아닐 거예요." 그러면서 그는 카를을 따뜻하게 껴안았다.

"그렇게 된다면 진심으로 기쁠 것입니다." 선장이 말했다. 두 사람은 서로 악수를 나누었고, 카를은 말없이 스쳐 가듯 선장에게 손을 내밀 수밖에 없었다. 선장이 이미 슈발이 이끄는 약 열댓 명의 사람들에게 둘러싸여 시달리고 있었기 때문이다. 그들 무리는 다소 당혹스러워 보이긴 했지만 슈발의 인솔하에 아주 시끌벅적하게 웅성거리며 들어온 자들이었다. 조금 전의 선원이 상원의원에게 자기가 앞장서도 되겠냐고 양해를 구한 다음, 이어서 무리를 헤치며 둘로 가르자 상원의원과 카를은 고개 숙여 인사하는 사람들 사이로 쉽게 지나갈 수 있었다. 보통 때는 선량한 이 사람들은 슈발과 화부 사이의 다툼을 하나의 재미있는 구경거리쯤으로 여기는 듯했으며, 그 우스꽝스러움은 선장 앞에서도 멈추지 않는 것 같았다. 카를은 그들 사이에서 주방 아가씨 리네도 있다는 것을 알아차렸다. 그녀는 그를 향해 장난스럽게 윙크를 보내며 아까 선원이 내던진 앞치마를 다시 허리에 둘렀는데, 그 앞치마가 바로 그녀의 것이었기 때문이다.

두 사람은 선원을 뒤따라 사무실을 나서, 좁은 통로를 따라 몇 걸음 나가 작은 문에 이르렀는데, 그 문에서부터 아래로 짧은 계단이 있어 그들을 위해 준비된 보트로 내려갈 수 있었다. 그들을 인솔하던 선원이 단숨에 펄쩍 뛰어서 보트에 올라타자, 보트에 타고 있던 선원들이 일제히 일어서서 경례를 했다. 상원의원이 조심해서 내려가라며 카를에게 주의를 준 그때, 카를은 아직 한 칸도 내딛지 않은 채 맨 위 계단에서 갑자기 격한 울음을 터뜨렸다. 상원의원은 오른손을 카를의 턱 밑에 대고 왼손으로는 그를 품에 꼭 껴안아 쓰다듬어주었다. 그들은 그렇게 서로를 꼭 붙든 채로 천천히 한 계단 한 계단 내려갔고, 함께 보트에 옮겨

탔다. 보트에서 상원의원은 카를을 위해 자기 바로 맞은편에 좋은 자리를 마련해 주었다. 상원의원이 신호를 하자 선원들은 보트를 배에서 밀쳐내더니 곧장 온 힘을 다해 노를 젓기 시작했다. 배에서 몇 미터쯤 떨어졌을 때, 카를은 뜻밖에도 자신들이 지금 회계과 쪽 창문들이 있는 배의 측면을 지나고 있다는 사실을 깨달았다. 세 개의 창문 앞은 슈발의 증인들로 가득 차 있었고, 그들은 모두 친근하게 손을 흔들며 인사를 했다. 심지어 외삼촌까지도 손을 흔들었고, 한 선원은 멈추지 않고 일정하게 노를 저으면서도 입맞춤을 보내는 묘기를 부려 보였다. 정말이지, 화부는 이제 더 이상 존재하지 않는 것 같았다. 카를이 무릎이 거의 맞닿을 만큼 가까이 앉아 있는 외삼촌의 눈을 더 자세히 바라보자, 이 사람이 과연 화부가 자신에게 해준 역할을 대신할 수 있을까 하는 의심이 들었다. 아니나 다를까 외삼촌은 카를의 시선을 피해 바다 물결을 바라보고 있었다. 그들이 탄 보트는 바다 물결에 잔잔하게 흔들리고 있었다.

# 역자 해설

## 1. 카프카의 삶과 문학

"나의 본질은 불안이다"라고 고백했던 카프카는 1883년 7월 3일 체코의 프라하에서 유대인 상인 헤르만 카프카와 뢰비 가문 출신의 율리아 카프카 사이에 장남으로 태어났다. 1924년 6월에 사망했으니 만 40세라는 비교적 젊은 나이에 요절한 작가라고 할 수 있다. 독일의 유명한 작가 괴테나 토마스 만의 생애에 비하면 거의 절반밖에 되지 않는 삶이었지만, 독일문학에 끼친 카프카의 영향은 실로 엄청나다. 근대 이후 독일어로 글을 쓴 작가 중 가장 관심을 불러일으킨 작가 중 한 사람이기 때문이다.

프라하의 유대인. 이것은 어린 카프카에게는 커다란 혼란을 주었다. 즉 유태교 특유의 신비로운 분위기와 부유한 체코 중산층의 생활 방식, 이 둘 어느 쪽에도 뿌리내리기 어려웠기 때문이다. 카프카가 살았던 곳은 두 계층의 접경 지역인 유대인 빈민가와 도심 구역의 경계였다. 당시 유대인은 대부분 가난했지만 카프카의 아버지는 악착같이 장사를 해서 그 빈민 구역을 탈출할 수 있었다. 아버지 가게는 날로 번창했고, 그러다 보니 어린 카프카는 거의 하녀들 손에서 자랐다. 장사를 하느라고 바쁜 부모와는 자연히 소원할 수밖에 없었고, 그래서 동생들과도 각별히 지내는 계기가 되었다. 카프카는 그의 아버지를 가리켜 "수수께끼 같은 폭군"이라고 말한다. 『아버지에게 드리는 편지』에 보면 카프카가 아버지에 대해 얼마나 많은 강박관념에 사로잡혀 있었는지 잘 알 수 있다.

카프카는 중학교 상급반 시절에 글을 쓰기 시작했다. 이유는 간단했다. 외로워서였다. 그래서 카프카는 대학만은 당시 낭만과 생동감이 넘치는 뮌헨으로 가고 싶었다. 아버지를 떠나고 싶었던 것이다. 하지만 그 뜻도 관철시키지 못했다. 카프카는 프라하의 독일계 대학인 카를 페르디난트 대학으로 진학하여 철학, 독문학, 화학 등을 공부하다가 마지막으로 법학을 공부했다. 아버지에게 빚을 갚는다는 심정으로 선택한 타협의 산물이었다. 하지만 아버지는 아들이 법학을 공부하는 것마저 보기 싫었다. 상인이 되어야 한다는 철저한 자본주의 이데올로기에 빠져 있는 아버지였기 때문이다. 대학에서 카프카는 평생의 지기인 막스 브로트를 만나게 된다. 당시 카프카는 법학을 지극히 모순된 학문이라고 생각했으며, 법을 공부한 후 국가 관리가 된다는 것은 "수천 명이 씹어 먹은 톱밥을 다시 먹는 것과 같다"고도 고백했다. 만 6년이 채 되지 않아 법학박사 학위를 받았지만, 그 사이 그의 삶의 목표는 글을 쓰는 것으로 변해 있었다. 인생을 냉정하게 바라보는 일이야말로 가장 가치 있는 일이며, 그 결과를 글로 쓰는 것이야말로 최고의 삶의 목표였다. 다시 말해 인생에 대해 거리를 두고, 인생이란 꿈처럼 지나가는 허무에 지나지 않는다는 것을 쓰고 싶었던 것이다.

카프카는 대학 졸업 후 이탈리아계 일반보험회사에 취직했으며, 성실하고 유능한 사람으로 인정을 받았지만 전혀 즐겁지 않았다. 그에게 직장이란 아버지로부터의 경제적 독립을 해결해주는 것에 불과했기 때문이다. 9개월간의 짧은 첫 직장 생활 이후 카프카는 죽기 직전까지 근무했던 두 번째 직장 '노동자재해보험국'에서 법률가로 근무하게 된다. 하지만 이곳에서의 업무를 통해 카프카는 관료기구의 무자비성, 공장 근로자들의 위험하고 열악한 노동 여건에 충격을 받았고, 또 자본주의 체제에서의 개인의 소외와 무력감을 통찰하여 직접 근로자의 안전에 발벗고 나서게 된다. 손가락이 절단된 부지기수의 근로자들을 생각하며 회전톱 대신 안전장치가 있는 기계를 직접 고안해 냈던 것이다. 그의 뇌리에 잠재해 있던 부조리한 사회 현실의 고발과 사회 혁신에 커다란 관심을 보이기도 했다.

또한 카프카는 직장 생활을 하며 진보적 지식인 모임에 참가했다. 그러나 그곳에서 단지 몇 명과만 대화를 나눌 뿐이었다. 지금도 프라하 시내에 있는 아르코ARCO 카페가 모임 장소였다. 이 시절 카프카는 친구 막스 브로트 집에서 베를린 출신의 펠리체 바우어를 처음 만나 5년간 3백여 통의 편지를 주고받는다. 펠리체와 두 번의 약혼과 두 번의 파혼을 겪는 와중에 그녀와의 평범한 결혼 생활을 꿈꾸기도 했지만, 작가로서의 사명을 끝내 저버릴 수 없었던 카프카였다. 1917년 그의 나이 33세 때 당시로서는 불치병인 폐결핵 진단을 받고 펠리체와 두 번째 파혼을 결심한다. 물론 카프카는 이 폐결핵이 단순히 의학적인 치료를 요하는 육체적인 질병이 아니라는 것을 알고 있었다. 문학을 위해 삶을 포기하는 카프카의 지난한 몸짓이었던 것이다. 그리하여 휴양 차 북부 보헤미아의 취라우에서 약 8개월 동안 머물면서 다수의 '잠언'을 쓴다.

"병이 나를 떠나지 않았으면 좋겠네. 여기는 자유가 있다네."

친구 브로트에게 쓴 편지를 보면 삶과 문학 사이에서 얼마나 치열하게 싸워왔는지 알 수 있다. 1918년 1차 세계대전이 끝난 후 체코공화국이 탄생했고, 카프카는 12월 다시 프라하 북부 도시인 슐레지엔에서 짧은 요양을 한다. 그곳에서 유대인 수공업자 집안의 딸인 율리에를 만나고, 이후 프라하로 다시 돌아온 카프카는 본격적인 글쓰기를 시작한다.

"본질적인 부조리가 인간을 죄인으로 만든다."

이 한 마디의 결론을 위해 카프카는 치밀한 관찰과 묘사를 했던 것이다. 오후 2시 직장에서 퇴근하여, 낮에는 잠을 자고 밤에 글을 썼다. 카프카는 이때가 글쓰기에 전념했던 가장 건강한 시절이었다고 고백한다. 바로 장편소설 『소송』에 몰두할 때였다. 이듬해 율리에와의 약혼을 발표하지만 이 약혼 역시 아버지의 반대로 무산된다. 이러한 부자父子 갈등을 계기로 카프카는 처음이자 마지막으로 아버지에게 편지를 쓴다. 의미심장한 편지였다. 바로 아버지와의 관계를 정리한다는 뜻이었다.

1922년 1월 집필하기 시작한 장편소설 『성』의 원고를, 기자이며 카프카의 작품을 체코어로 번역한 밀레나에게 10월에 넘겨

준다. 이듬해 흑해 연안의 뮈리츠로 여행을 떠나는데, 그곳에서 열다섯 살 연하의 마지막 연인인 유대계 폴란드인 도라 디아만트를 만난다. 카프카는 자기가 가지고 있던 모든 것을 다 버리고 도라와 베를린으로 떠난다. 거의 평생을 머물렀던 프라하를 떠난 것이었다. 베를린에서의 생활이 생애 가장 행복했던 때라고 카프카는 고백한다. 1924년 3월 병세가 악화되어 막스 브로트는 카프카를 프라하로 데려오고, 카프카는 마지막 작품 「여가수 요제피네 혹은 쥐의 종족」을 집필한다. 마지막 작품의 마지막 구절을 음미하면 고독한 이방인 카프카가 금방이라도 우리에게 존재의 부조리를 일깨워 주려고 다시 나타날 것만 같다.

"그녀는 사라질 것이다. 하지만 우리는 별로 아쉬워하지는 않을 것이다. (…) 그리고 그녀는 곧 보다 높은 차원의 구원을 받으며 자신의 모든 형제들처럼 잊히게 될 것이다."

1924년 6월 3일 빈 북쪽 키얼링 시 호프만 요양소에서 도라의 간호를 받으며 사망했으며, 프라하 외곽의 스트라주니체 신유대인 공동묘지에 부모님과 세 여동생과 함께 누워 있다. 카프카가 그토록 떠나고 싶어 했던 도시였지만 평생을 살아야 했던 곳 프라하. 카프카는 죽어서도 그곳을 떠나지 못했다. 프라하는 그와 떼려야 뗄 수 없는 도시였던 것이다. 프라하에서 그는 당대의 작가들과 친분도 거의 없었으며, 프라하가 그를 얼마나 구속했는지 수많은 편지와 일기에서 짐작할 수 있다. 지금도 프라하 여행객들의 필수 코스인 '환상環狀 광장' 내에서 카프카는 고등학교와 대학교를 다녔고, 심지어 직장까지 잡았다. 그 작은 동그라미 안에 카프카의 전 생애가 갇혀 있었던 것이다.

카프카는 이처럼 가장 고독한 장소에서 자신의 자리를 잡고 인간의 가장 근원적인 문제를 파고들었다. 하지만 죽은 후에도 자신의 조국에서 별로 인정을 받지 못했다. 세계 다른 나라들에서처럼 체코에서도 역시 2차 세계대전 이후에 높은 평가를 받았던 것이다. 카프카가 죽은 지 40여년 후에야 그가 출생한 곳에 기념 표지판이 걸렸을 정도였다. 1960년대에 카프카에 대한 관심은 고조되었지만 1968년 '프라하의 봄' 이후 카프카의 작품은 체코에서 금서가 되어버렸다. 그 후 1989년 벨벳혁명이 일어나기 전까지도 정치적인 이유 때문에 카프카에 대한 언급은 자유롭지 못했다. 체코인이었지만 독일어로 글을 썼던 카프카, 또한 1948년 이래 독일에서는 그의 전집이 시도되었고 수많은 미발표 유고들의 연구로 카프카 신드롬을 세계적으로 불러일으켰기 때문에 카프카는 독일문학 작가로서 세계 문단에 우뚝 서 있는 것이다.

카프카가 죽어가면서 마지막 남긴 말은 우리에게 긴 여운을 드리운다.

"인간은 부조리하지만 자연만은 완벽하고 아름답다."


## 2. 「선고」
— 죄의식과 복종, 자기해방이자 자기파괴

단편 「선고」(1912)는 그의 문학 세계를 결정지은 최초의 완성

작으로 평가된다. 카프카는 이 작품을 단 하룻밤 만에 써 내려
간 뒤 "나의 진정한 문학적 힘을 체험했다"라고 일기에 기록했
다. 그 고백이 암시하듯, 「선고」는 단순한 부자 갈등의 서사가 아
니라 작가 자신의 내면에서 터져 나온 심리적 심문審問이자 창조
의 의식이다. 작품 속에서 '아버지'는 현실적 인물이 아니라 절
대적 권위와 초월적 법의 화신으로 등장하며, '아들' 게오르크는
그 법의 언어를 해독하지 못한 채 자기 파괴로 나아간다.

　이 작품에서 부자 관계는 곧 권위와 복종의 구조, 나아가 법과
죄의 원형적 관계를 드러낸다. 게오르크는 아버지를 돌보며 도
덕적으로 흠잡을 데 없는 인물처럼 보이지만, 바로 그 도덕성 속
에 잠재된 죄의식이 문제의 핵심이다. 아버지는 게오르크의 내
면에 자리한 초자아Superego의 형상으로, 그가 결코 설명할 수 없
는 죄를 단죄한다. 이때의 '선고'는 외부의 법적 명령이 아니라
인간의 깊은 무의식 속에서 울려 나오는 내면적 심판의 언어다.
게오르크는 그 명령을 이해할 수 없으면서도, 그에 복종하지 않
을 수 없다. 그는 결국 강에 몸을 던짐으로써 '죄의 확신'에서 벗
어나려는 역설적 해방을 택한다.

　'예술가의 소외'를 주제로 하고 있는 작품 「선고」는 카프카의
문학 역정에서 첫 '돌파구'에 해당하는 짧은 단편으로, 이후 카
프카의 작품에 등장하는 여러 요소가 들어 있어 가장 많이 읽히
면서 동시에 가장 다양한 해석이 시도되는 작품이다. 다시 말해,
이 작품은 아들과 아버지의 대결, 즉 '부자父子 갈등'이 매우 극적
인 형태로 전개되고 있다. 아들은 초반에 사업상의 성공으로 안
정된 것처럼 보이지만, 갑자기 권력을 갖게 된 아버지는 아들에
게 익사형을 선고하는 위치에 서게 되며, 두 사람의 대결은 아들

이 결국 아버지의 선고를 받아들임으로써 아들의 패배로 끝난다. 「선고」는 카프카 자신이 마음에 들어 했던 작품이기도 했고, 그래서인지 이 「선고」야말로 카프카의 문학적 명제를 가장 핵심적으로 요약한 단편이라고 할 수 있다.


### 3. 「변신」
  ― 인간 소외, 천박한 자본주의에 대한 경종


「변신」의 줄거리는 지극히 단순하다. 어느 날 아침 벌레로 변해버린 한 청년이 그동안 자신을 둘러싸고 있던 주변과 가족을 벌레의 눈으로 바라보며 극도의 소외감에 빠져버린다는 내용이다. 한 마리 벌레가 관찰한 인간의 행태와 심리, 그것은 무엇이었을까?―그것은 지상에서 가장 우울한 풍경이었다.

이 작품은 거의 카프카의 자전적인 소설로 보아도 무방하다. 작품에 나타난 아버지와 어머니, 그리고 여동생의 모습은 실제 폭군과도 같았던 권위적인 아버지와 순종적인 어머니, 그리고 유독 카프카가 좋아했고 카프카를 따랐던 막내여동생 오틀라(오틸리에)와 그대로 닮아 있기 때문이다.

하지만 카프카의 작품은 난해하다. 어느 날 아침 벌레로 변신한다는 믿기 어려운 이야기를 원인 규명도 없이 기정사실화함으로써 어느새 독자는 카프카의 '인간의 동물화' 내지 '동물의 인간화'에 빠져든다. 독자는 처음부터 은유와 의인화로 시작되는 힘든 글 읽기를 시작한다. 하지만 첫 장면에서의 벌레로 변했다는 비현실적인 사실을 제외하고는 작품 내내 철저히 현실적인 토대와 현실적인 공간에서 이야기가 진행된다. 그래서 이러한 현실성이 오히려 첫 장면의 비현실성을 덮어버리는 카프카 특유의 패러독스 속에서 독자는 작품을 단숨에, 흥미진진하게 읽게 되는 것이다.

변신하기 전 주인공의 모습은 어떠했을까? 그것은 회상을 통해 주인공의 기억 속에만 존재한다. 옷감을 파는 출장 영업사원이었고, 전 가족의 생계를 책임지고 있었다. 현대의 모습과도 같은 녹록지 않는 삶의 무게가 주인공을 짓누른다. 돈벌이를 위한 여행, 힘든 직업, 성과와 업적만을 중시하는 현대 자본주의적 삶의 방식이 그대로 주인공에게 녹아 있는 것이다. 사회에서 이 냉성한 이익관계가 가족에게서도 발견되자, 더 이상 공동체로서의 가족이라는 의미는 상실하게 된다.

주인공은 사회와 가족으로부터 더 이상 기대할 것이 없다는 인식을 가지게 되면서 변신을 꿈꾼다. 한마디로, 변신은 그의 억압된 소망을 표현하는 것이다. 하지만 아이러니컬하게도 주인공은 자신이 가장 사랑하고 아꼈던 여동생에게서 사형 선고를 받는다. 벌레를 없애버려야 한다는 말이 가족 중 여동생의 입에서 가장 먼저 나왔던 것이다.

또한 그로테스크하게도 그의 죽음은 화해의 성격을 띤다. 자신의 기생충 같은 존재 자체가 무의미하다고 확신하기 때문이다.

그런데 기이한 것은, 가족 중 어느 누구도 그가 왜 변신했는지 알려고 하지 않는다는 것이다. 주인공 자신도 자신의 변신에 대해서 놀라지 않으며 변신의 원인을 생각하려고도 하지 않는다. 다만 그 변화를 발견할 뿐이다. 즉 변신의 원인을 규명하기 위해 노력하지 않는다. 오히려 주변세계에 대한 두려움 때문에 스스로 고립을 원했던 것과 반항하고 싶어 했던 것에 대해 죄책감을 느낀다. 카프카의 「변신」보다 훨씬 이후에 등장한 조지 오웰의 '빅 브라더'가 정말 현대세계를 지배하고 있는 걸까?

주인공의 불행한 실존에 대한 책임은 가족에게 있다. 하지만 가족 자체의 비인간성 또한 삶의 필연이다. '삶은 또 다른 삶이 희생되고 나서야 승리한다'고 말했던 카프카 전문가 엠리히의 분석은 극한으로 치닫는 자본주의의 잔인성을 나타내 보이는 무서운 말이다. 그래서 엠리히는 계속해서 말한다. "변신은 긍정적 발전의 표현이다. 인간은 직업과 가족의 메커니즘적인 세계에서 해방되고 진정한 존재를 성취하면서 삶을 마감한다. 그레고르는 화해하며 죽는다." 하지만 법과 정의가 이상적으로 구현되지 않는 섬뜩한 현실에서 과연 엠리히의 주장으로 '변신'의 합리화를 찾아야 할까?

앞에서 얘기한 카프카 문학의 난해성 해결을 위한 엠리히의 이러한 해석 역시 카프카 문학의 모든 수수께끼를 풀어주지는 못한다. 하지만 변방의 도시 프라하가 지닌 이중성, 불안, 소외, 부자 갈등, 유대주의와 독일 문화 전통, 자아의 이중성 등등이 카프카 문학의 난해성을 이해하는 데 충분히 도움이 된다고 할 수 있을 것이다.

어쨌든 이와 같은 벌레로의 '변신' 역시 카프카 문학이 지니는 난해성의 대표적 일면이다. 카프카의 다른 작품들과 마찬가지로 「변신」 역시 읽는 때와 환경에 따라 전혀 새로운 느낌을 독자에게 준다. 독자들은 단순해 보이는 그의 작품 속에 자신의 체험과 환상을 반영시킨다. 이와 같은 다양한 해석의 가능성이 카프카의 작품을 살아 있게 하고 카프카의 세계적 명성과 영속성을 보장해 준다.

재미있는 사실은, 카프카는 변신된 그 벌레가 눈에 보이기를 원하지 않았다는 것이다. 초판 표지와 관련하여 그는 출판업자 쿠르트 볼프에게 보내는 편지에 이렇게 썼다. "그것 외에는 무엇이든 괜찮지만 그것만은 안 됩니다. 그 벌레는 그림으로 묘사되어서는 안 됩니다. 멀리서나마 보여서도 안 됩니다." 왜 카프카는 이런 편지를 썼을까? 이는 아마 변신에 대한 공포를 억제하는 그의 방식이 아니었을까? 카프카가 고백한 다음과 같은 말에서 '변신'에 대한 지푸라기 같은 희망을 기대해 볼 수 있는 것은 아닌지……?

> "인간은 자신 속에 있는 뭔가 파괴될 수 없는 것에 대한 지속적인 신뢰 없이는 살 수 없다."

## 4. 「화부(실종자)」
### — 정의와 생존 사이에서 갈등하는 인간의 불안한 위치

『소송』, 『성』과 더불어 '고독의 3부작'이라고 불리는 소설 『실종자』는 처음에는 친구 막스 브로트가 카프카의 유언을 어기고 1927년에 출간할 때 『아메리카』라는 제목으로 발표했기 때문에 이 이름으로 널리 알려졌다. '아웃사이더의 방랑'을 주제로 삼고 있는 『실종자』의 내용 전반에서 포착되는 인상은 산업화된 고도 자본주의 사회에 대한 비판적인 시각이다. 이 작품 역시 미완으로 끝나기 때문에 다양한 해석의 가능성이 있다. 소설의 마지막에 주인공 카를은 '오클라호마 야외극장'이라는 이상한 단체의 광고를 보고 채용되어 기차를 타고 떠나는데, 새로운 희망의 가능성을 보여줄 수도 있고 불확실한 미래를 보여줄 수도 있다.

『실종자』의 첫 장 「화부」는 단순한 도입부가 아니라, 작품 전체의 세계 구조를 예시하는 축소판이자 알레고리로 작용한다. 여기서 카를 로스만이 배 안에서 경험하는 사건—화부와의 연대, 상관의 폭력, 그리고 삼촌의 개입—은 이후 그가 미국 사회에서 반복적으로 겪게 될 권력과 복종, 정의와 배신의 원형적 장면을 미리 보여준다. 화부는 사회적 약자의 형상으로 체계에 맞서 저항하지만 끝내 침묵 속에 사라지는 존재이며, 카를은 그에게 일시적으로 공감하지만 결국 보호받는 입장을 택함으로써 도덕적 양심과 생존 본능 사이의 분열을 드러낸다. 이 장면은 곧 『실종자』 전체의 서사적 운명—보호자에게 거두어졌다가 버려지고, 도움을 주려다 추방당하는 끊임없는 반복—의 서곡이 된다.

「화부」는 또한 카프카의 세계에서 반복되는 권위의 불투명성과 언어의 무력함을 최초로 구체화한 장면이기도 하다. 선장실에서의 대화는 이미 하나의 재판처럼 구성되어 있으며, 진실보다 형식과 권력이 우위에 있다. 카를이 이해하지 못하는 언어와 질서 속에서 '정의'는 공허해지고, 인간은 체계의 절차 속에서 자신의 위치를 잃는다. 따라서 「화부」는 미국이라는 신세계로 향하는 이야기의 출발점이 아니라, 이미 근대 체계 속에서 인간이 실종되는 첫 번째 재현, 즉 『실종자』 전체를 관통하는 소외의 예언적 장면으로 읽을 수 있다.

카프카 연구자들은 위 세 작품의 공통된 주제적 핵심인 '아들과 아버지의 관계'를 중심으로 '아들 3부작'이라는 명칭을 부여한다. 다시 말해 「선고」, 「변신」, 「화부」는 모두 아버지와 아들의 갈등을 중심으로 한 작품이며, 아버지의 권력에 맞서다 몰락하는 '아들'의 서사로서 카프카의 자전적 내면극을 이룬다는 설명이다.

「선고」에서는 아버지가 아들에게 '죽으라'고 저주하며, 아들은 그 명령에 복종해 스스로 목숨을 끊는다.

「변신」에서는 가족의 생계를 책임지던 아들이 벌레로 변하자, 아버지는 그를 공격하고 결국 그는 버림받아 죽는다.

「화부」에서는 아버지에게 쫓겨난 소년이 새로운 세계에서도 또 다른 권위에 의해 밀려나며 사회적으로 추방된다.

이처럼 세 작품 모두에서 아버지는 절대적 권력과 법의 상징으로 등장하며 아들은 죄책감과 복종 속에서 점차 소멸한다.

'아들'은 언제나 심판받는 존재이며, '아버지'는 보이지 않는 권위의 근원으로 자리한다. 이 대립은 단순한 가족 문제가 아니라 인간이 맞닥뜨리는 근원적 권력관계의 은유로 읽힌다. 카프카는 이를 통해 권위, 죄, 복종, 추방이라는 실존적 주제를 탐구한다. '아들 3부작'은 결국 아버지의 법 아래 무력한 인간의 운명을 드러낸 연작이다. 이는 곧 카프카 자신이 경험한 부친 공포와 내적 죄의식의 문학적 고백이기도 하다.

# 역자 후기

카프카의 대표작 「변신」을 처음 번역, 출간한 15년 전에도 세계는 물론 대한민국도 '카프카적kafkaesque'이었다. 15년이 지난 오늘날의 우리나라는 어떤가? 여전히 그 기형적인 단어가 정치, 경제, 사회, 문화 전반의 화두로 자리매김하고 있다. '카프카적'이라는 단어는 미로迷路와 같고 섬뜩하며 부조리한 모든 것을 뜻한다. 인간의 사고, 행위, 꿈뿐만 아니라 현대의 관료 기구, 제도 등 모든 것을 망라하리라.

"본질적인 부조리가 인간을 죄인으로 만든다"라는 한 마디의 결론을 위해 치밀한 관찰과 묘사를 하는 카프카. 그의 작품에는 독자와 공유할 뚜렷한 세계관도, 지배적인 철학도 없다. 그럼에도 불구하고 그는 근대 이후 독일어로 쓰인 작품 중 가장 많이 읽히는 작가 중 한 사람에 속한다. 기이하게 시작되는 듯하다가 어느새 우리의 이야기로 돌아와 있고, 독자들에게는 자신도 모르는 사이에 지금 이 현실의 섬뜩함을 바로 목격하게 해주는 카프카 특유의 글쓰기의 힘이라 할 수 있을 것이다.

카프카는 끊임없이 자신을 동물로 변모시킨다. 인간과 동물을 서로 비교하여 동물 속에서 인간을 관조하고 인간 속에서 동물을 반영하며, 또 다른 자아의 탄생 내지 제2의 탄생을 보여준다(예를 들면, 「어느 시골 의사」(말), 「어느 학술원에 드리는 보고」(원숭이), 「여가수 요제피네」(쥐), 「어느 개의 연구」(개), 「굴」(두더지) 등의 작품에서 그렇다). 현대를 살아가는 우리에게 묵직한 뭔가를 던져주지는 않는가?

어떤 독일 작가보다도 더 무궁무진한 해석을 가능케 하는 카프카의 작품을 처음부터 끝까지 해설하는 것은 아무 의미가 없다. 예를 들어, 작품 「변신」 속에 나오는 여인의 그림이 그려진 액자 위를 잠자가 기어 올라가 짓누르는 장면, 또는 마지막 장면에 두 팔을 쭉 펴는 여동생의 아름답고 관능적인 육체 등에서는 성을 상품화하는 천박한 자본주의를 절묘하게 묘사하고 있다는 식의 해설은 하등의 의미가 없는 것이다. 오히려 이런 세세한 해설들은 독자들의 상상력을 저해하는 요소로 작용할 뿐일지도 모른다. 하지만 큰 틀의 카프카 작품 해설만은 '필요악'으로 봐줄 수도 있을 테니까, 이 책을 읽는 독자들은 앞서 해설한 부분만을 참고했으면 한다. 나머지는 오로지 상상력을 동반한 독자의 몫이다.

카프카의 '아들 3부작'을 위시한 많은 단편은 이미 여러 번 번역되었다. 그중 「변신」은 독문학 작품 중 가장 많이 번역된 작품 중 하나이기도 하다. 하지만 40여 년을 거슬러 역자가 중학교 때 처음 접했던 『선고, 변신, 화부』에서의 그 전율을 언젠가는 나도 돌려주고 싶었다. 결국 독문학에 발을 들여놓게 되었고, 현대문학을 전공하게 되었다. 강의 시간에 여러 번 학생들과 함께 읽으면서 어떤 한글 번역이 좋은지 고민도 많이 했다. 본 역서를 출간하기 위해 여러 번역본을 참고했다. 가독성 위주의 번역본도 있었고, 카프카를 공부하는 학생을 위한 직역 위주의 번역본도 있었다. 본 번역본은 직역, 의역 어느 것에도 주안점을 두지 않았다. 카프카 작품에서 느껴지는 비유, 상징 등의 감정을 그대로 번역하려 애썼다. 즉 카프카의 문체를 거의 그대로 전달하려고만 했을 뿐이다. 물론 어찌할 수 없는 오역은 오롯이 역자의 몫이다. 새로운 번역자의 질정도 기탄없이 받아들이고자 한다.

실로 오랜만에, 읽고 싶은 카프카의 작품 속에 빠져보았다. 불볕더위도 카프카의 섬뜩함에는 꼬리를 내려야 했다. 알게 모르게 더 각박해진 현실, 경제적 약자의 궁핍 속으로의 끝없는 추락을 한 달 이상 완전히 잊어버린 귀한 기회였다. 늘 한 권의 역서가 출간되면 고마운 이들이 있다. 다시 한번 내게 카프카의 단편 번역을 제의한 빛소굴 출판사 강지수 님께 감사를 표하고, 2025년 6월 새로 우리 식구가 된 최승훈에게도 고마움과 사랑을 듬뿍 보낸다.


2026년 2월 윤순식

# 작가 연보

프란츠 카프카(1883-1924)


1883. 7. 3.  오스트리아 – 헝가리 이중제국에 속한 보헤미아의 수도 프라하에서 출생. 헤르만 카프카(상인)와 율리에 뢰비 사이에서 장남으로 태어남. 아버지는 장신구 가게를 열어 자수성가한 유대계 상인임. 어머니는 유복한 뢰비 가문 출신임. 카프카 밑으로 다섯 명의 동생이 태어났으나 남동생 둘은 어릴 때 죽고, 가브리엘레(1889), 발레리(1890), 오틸리에(1892) 세 여동생이 있었음. 특히 막내 여동생과 친하게 지냄. 나중에 세 여동생 모두 아우슈비츠 수용소에서 사망함.

1889  프라하 상류층에 들어가기 위한 부모님의 조치로 프라하 구시가지에 있는 독일계 초등학교 입학.

1893  프라하 구시가지에 있는 독일계 김나지움 입학. 평생의 지기로 지낸 중요한 친구들을 만남.

1901  프라하의 독일계 대학인 카를 페르디난트 대학 입학(법학 전공).

1902. 10.  일생 동안 친교를 맺게 되는 막스 브로트를 알게 됨.

1905  「어느 투쟁의 기록 *Beschreibung eines Kampfes*」(보존되어 있는 카프카의 최초 문학작품) 집필.

1906. 6    막스 베버의 동생인 알프레트 베버의 지도로 법학박사 학위 취득. 10월부터 이듬해 9월까지 프라하의 형사재판소에서 실무 견습 생활을 함. 그 후 시민재판소에서 견습 생활을 거침.

1907    이탈리아계 민간보험회사 '아시쿠라치오니 제네랄리'의 프라하 지점에 입사. 9개월 정도 근무함.

1908    프라하에 있는 '보헤미아왕국 노동자재해보험국'으로 직장을 옮김(14년 동안 근무함). 문예지 『휘페리온』에 8편의 단편 기고.

1910    본격적으로 일기를 쓰기 시작함.

1912    펠리체 바우어와의 첫 만남. 「실종자(혹은 아메리카)*Der Verschollene(Amerika)*」, 「선고*Das Urteil*」와 「변신*Die Verwandlung*」 집필.

1913    「실종자(혹은 아메리카)」의 제1부가 「화부*Der Heizer*」라는 제목으로 출간. 친구 막스 브로트가 발행하는 문학 연감 〈아르카디아〉에 「선고*Das Urteil*」 실림.

1914. 6    펠리체와 약혼. 7월 파혼. 「유형지에서*In der Strafkolonie*」, 『소송*Der Prozeß*』 집필. 8월 1일, 독일이 러시아에 선전포고를 했는데, 카프카는 노동자재해보험국의 요청으로 징집에서 면제됨.

1915    펠리체와 재회. 11월 중편 「변신」 발표. 「화부」로 폰타네상 수상.

1916. 4    오스트리아 작가 로베르트 무질이 프라하에 와서 카프카를 방문함. 10월 「선고」가 쿠르트 볼프 출판사에서 표현주의 문학 시리즈의 하나로 출간됨.

1917. 7    펠리체와 다시 약혼. 12월 다시 파혼. 8월에 처음으로 각혈
           을 하면서 폐결핵 증세를 보임.

1919. 9    프라하 북쪽 쉘레젠 요양지에서 만난 율리에 보리체크와 약
           혼. 「아버지께 드리는 편지*Brief an den Vater*」 집필.

1920. 4    체코 출신의 기자이자 카프카의 작품을 체코어로 번역한 밀
           레나 예젠스카와 서신 왕래 시작함. 사랑으로 발전하여 1923
           년까지 계속됨. 7월 아버지의 반대로 율리에와의 약혼 파기.

1921       밀레나 예젠스카에게 10년간(1910~1920)의 일기를 모두 건
           네주고, 일기를 새로 쓰기 시작함. 친구 막스 브로트에게 자
           신의 사후에 발견되는 모든 원고를 불태울 것을 부탁함.

1922       『성*Das Schloss*』 집필. 7월에 노동자재해보험국 퇴직. 8월 말, 신
           경쇠약 증세가 재발하여 프라하 서쪽의 플라나에서 요양생
           활을 함. 그곳에 있는 막내동생 오틸리에의 여름별장에서 거
           주함. 10월 밀레나 예젠스카에게 『성』의 원고를 넘겨줌.

1923. 7    발트해 뮈리츠로 여행 중 열다섯 살 연하의 유대계 폴란드
           인 도라 디아만트를 만남. 9월 도라 디아만트와 동거하기 위
           해 거의 평생 머물렀던 프라하를 떠나 베를린으로 이사함.

1924. 3    마지막 작품 「여가수 요제피네*Josefine, die Sängerin oder das Volk der
           Mäuse*」 집필. 4월 오스트리아 키얼링 시의 호프만 요양소에
           입원. 6월 3일 도라 디아만트와 1920년부터 친교를 가졌던
           의사 로베르트 클롭슈토크가 임종을 지킴. 6월 11일 프라하
           의 신新유대인공동묘지에 안장됨.

# 선고 · 변신 · 화부

아들 3부작


| | | |
|---|---|---|
| 초판 인쇄 | | 2026. 2. 13. |
| 초판 발행 | | 2026. 2. 20. |
| 저자 | | 프란츠 카프카 |
| 역자 | | 윤순식 |
| 편집 | | 강지수 |
| 발행인 | | 이재희 |
| 출판사 | | 빛소굴 |
| 출판 등록 | | 제251002021000011호(2021. 1. 19.) |
| 팩스 | | 0504 – 011 – 3094 |
| 전화 | | 070 – 4900 – 3094 |
| ISBN | | 979 – 11 – 93635 – 64 – 3(04800) |
| | | 979 – 11 – 93635 – 25 – 4(세트) |
| 이메일 | | bitsogul@gmail.com |
| SNS | 인스타그램 | instagram.com/bitsogul |
| | X(트위터) | x.com/bitsogul |
| | 네이버 블로그 | blog.naver.com/bitsogul |

# 빛소굴 세계문학전집 목록